KB230554

안녕, 홍이

이 소설에는 제대로 불리지 못한 이름들이 있다. 전쟁과 분단, 이주와 노동의 시간을 여성의 몸으로 견뎌 온 이름들이다. 『안녕, 홍이』는 한 사람의 기억을 따라가다 결국 우리 모두의 기억에 닿는 이야기다. 읽는 동안 독자는 역사가 아닌 한 사람의 삶 앞에 서게 된다. 침묵은 세대를 건너 계보가 되고, 상처는 지워지지 않은 채 오늘의 삶으로 이어진다. 이 소설은 묻는다. 무엇을 기억할 것인가, 그리고 그 기억으로 어떻게 살아갈 것인가. '안녕'이라는 인사는 작별이 아니라 오래 침묵해 온 이름을 다시 부르는 일이다.

– 오봉옥(시인)

2025년 초겨울, 베를린에서 교민들의 연극 『옥비녀』를 볼 기회가 있었다. 놀랍게도 이제는 노년에 접어든 파독 광부와 파독 간호사가 주축이 된 극단의 연극이었다. 자신들의 삶을 형상화한 연극은 소박했지만, 그 속에 담긴 역사와 진실함은 마음을 움직였다. 그 연극의 기획과 희곡을 맡은 박경란 작가가 연극을 뼈대로 쓴 소설 『안녕, 홍이』. 소설 속 문장들은 연극보다 훨씬 견고하고 마음을 휘젓는다. 디아스포라의 고단한 삶을 들여다볼 줄 알았다가, 파란만장한 여성들의 수난을 만나고, 서글픈 우리의 역사를 만나고, 마침내 인간의 기억과 삶을 만났다. 이 책의 책장을 넘기는 여러분도 그러할 것이다.

– 조광희(소설가)

안녕, 홍이

박경란 장편소설

ANNYEONG, HONG-IE

PARK KYOUNGRAN

 hanl

차례

우리가 누구였는지를 증명하는 것은 나 아닌 다른 사람들이다.

타인은 내가 잃어버렸다고 생각한 나를 기억하고 찾아낸다.

— 지그문트 바우만(Zygmunt Bauman)

1. 똥례 이모

1994년, 똥례 이모가 세상을 떠났다.

나는 가족을 대표해 장례식에 참석하러 독일에 갔다. 그때 나는 대학을 졸업하고도 마땅한 일을 찾지 못했다. 정확히 말하면, 곧바로 일을 시작하고 싶지 않았다. 국문학과를 졸업했으니 언젠가 언론이나 출판 쪽 일을 하겠지, 하는 막연한 생각뿐이었다. 하지만 학과 친구들이 꿈꾸던, 이른바 '레거시 언론사'에는 가고 싶지 않았다. 남들이 가고 싶어 하는 곳을 굳이 택하고 싶지 않은, 나만의 오기와 삐딱함 때문이었다.

내면 깊숙이 차오른 고독감, 값싼 성공에 대한 저항, 열정과 냉정 사이의 망설임 속에서 나는 한참을 서성이고 있었다. 솔직히 말하면, 언론고시를 제대로 준비하지 않은 데 대한 어설픈 변명이기도 했다. 마침 이모의 독일 장례식은 그런 나에게 쓸쓸한 핑계가 되어 주었다.

갑작스러운 비보 앞에서, 엄마는 실성한 사람처럼 한마디도 하지 못했다. 이모가 독일로 떠난 뒤 두 사람은 오랫동안 일상을 함께

하지 않았지만, 자매 사이에는 핏줄이 주는 교감이 있는 법이다.

김포공항에서 프랑크푸르트를 경유해 베를린까지 가는 독일항공사(Lufthansa)를 이용했다. 베를린에 도착했을 때 하늘은 회색빛으로 어둑했다. 도시는 아직 가시지 않은 통일의 열기와 초조함이 뒤엉켜 있었다. 공사 현장과 빈터가 뒤섞인 거리 풍경은 어수선했고, 후미진 골목은 더 황량했다. 도시 전체가 아직 자기 자리를 찾지 못한 채 멈칫거리는 것처럼 보였다.

숙소는 베를린 테겔공항에서 택시로 삼십 분쯤 가야 했다. '그리움'이라는 이름의 한인 민박집이었다. 내가 묵을 방에는 연갈색 커튼이 드리워진 창문이 하나 있었고, 그 옆에 1인용 침대가 덩그러니 놓여 있었다. 방 한쪽에 서 있는 낡은 장롱은 금방이라도 쓰러질 듯 비틀거렸다.

기내에서 잠을 설친 탓인지, 텁텁한 실내 공기 때문인지 졸음이 밀려왔다. 짐을 풀기도 전에 뒤숭숭한 채로 선잠에 빠졌다. 잠시 뒤 무언가의 시선이 느껴져 눈을 떴다. 벽에 걸린 사진이었다. 20세기 초 누군가 찍었을 흑백 사진. 베를린 브란덴부르크 문을 배경으로 한 겨울 풍경이 담겨 있었다. 마차가 있고, 눈 덮인 가로등이 멈춘 듯 서 있었다. 햇빛 한 줌 들지 않는 그늘이 사진 속에 고스란히 눌어붙어 있었다.

나는 다시 잠에 빠졌다. 한 시간쯤 눈을 붙이고 나니 몸이 조금 가벼워졌다. 요깃거리를 사러 민박집을 나섰다. 골목 모퉁이를 돌자, 튀르키예어로 상호가 적힌 슈퍼마켓이 보였다. 야외 매대에는 과일이 흘러내릴 듯 쌓여 있었고, 나는 그중 오렌지 몇 개를 골라 봉지에 담았다. 계산대에 앉아 있던, 꽃무늬 두건을 쓴 여인이 힐끗 나를 바라보았다. 나는 말없이 물건을 올려놓고 계산을 마쳤다.

"당케 쇤."

그 한마디면 충분했다. 등 뒤로 시선이 느껴졌지만, 돌아보지는 않았다.

이모가 안치될 공동묘지는 한적한 주택가 근처에 있었다. 장례예식은 묘지 안의 소박한 예배당에서 열렸다. 독일어로 묘지는 '프리드호프(Friedhof)'라 했고, 뜻은 '평안의 뜰'이었다. 이모의 고단했던 이방인 삶에도 평안이 닿기를, 나는 조용히 바랐다.

묘지 공원에 들어서자 바깥 소음이 뚝 끊겼다. 어디선가 이모가 "혜경아, 어서 와." 하고 손을 흔들 것만 같았다. 오랜 세월을 견뎌냈을 고목들이 무덤들 곁에 조용히 서 있었고, 버드나무 가지는 중력에 끌린 얼굴 근육처럼 늘어져 있었다.

장례식장으로 가는 길은 적요했다. 작은 바람에도 낙엽은 제 몸을 이기지 못하고 발밑에서 부서졌다. 오도독, 푸시식. 삭은 잎은 다시 흙으로 스며들어 언젠가 다른 형태로 돌아올 것이다.

장례식은 이모가 가끔 다녔다는 한인 목사님의 주도로 진행되었다. 관자놀이 언저리에 하얀 머리카락이 풍성한, 유난히 늙어 보이는 사람이었다. 나는 이모의 얼굴을 떠올려 보려 애썼다. 그러나 기억을 더듬을수록 얼굴은 썰물처럼 멀어졌다.

이모가 마지막으로 한국을 방문한 것은 내가 중학교에 다닐 때쯤이었다. 이모는 독일에 산다는 자부심이 컸다. 무슨 일이든 한국인과 독일인을 견주었고, 결론은 늘 독일 쪽으로 기울었다. 그건 자신에게 최면을 걸어 이방인의 비루한 삶을 달래려는 몸짓처럼 보이기도 했다. 그래서 나는 억지로 고개를 끄덕여 주곤 했다. 하지만 이모의 말끝에는 늘 알 수 없는 한숨이 매달려 있었다.

그 시절 나는 사춘기였다. 이모의 말투가 거슬리면서도, 마음과 달리 실실 웃으며 넘어갔다. 우리 집에서 이모를 향한 반기의 언어는 금물이었다. 그만큼 이모가 외가와 우리 집에 많은 도움을 줬기 때문이다.

솔직히 말하면, 나는 이모의 독일 삶에는 그리 관심이 없었다. 트렁크 속 선물에만 마음이 쏠린, 철없는 아이였다. 언제 저 큼직한 보물 상자를 열어젖힐까를 생각했다. 트렁크 안에는 이모가 고국을 떠올리며 들였을 시간과 노력이 고스란히 들어 있었다. 이모는 선물을 꺼내며 물건마다 의미와 설명을 일일이 덧붙였다. 이모는 트렁크가 텅 비는 순간을 두려워하는 듯, 자꾸 시간을 끌며 천천히 물건을 끼냈다.

"언니, 이거 니베아인데 아주 좋아. 내 친구 간호사 현자가 애용하는 제품이야."

"니베아는 여기에도 있어. 얘, 난 크림 안 바르고 산 지 오래다."

 안녕, 홍이

엄마는 부엌에서 요리를 하다가 자기 얼굴을 쓸어내렸다. 그날 따라 유난히 수척해 보였다. 엄마 대신 내가 반응을 해 줘야 할 것 같았다.

"이모, 그거 제가 발라도 되죠?"

"그래. 여자는 일찍부터 가꿔야지. 혜경이! 옜다, 받아."

나는 이모가 던져 준 파란 니베아 크림을 받아 책상 서랍 속에 고이 넣어 두었다.

"혜경아, 이리 와서 계란 좀 저어 봐."

엄마는 계란찜을 만들 요량이었다. 뚝배기에 계란을 깨뜨려 물을 붓고, 파를 송송 썰어 소금으로 간을 했다. 나는 거품기로 휘휘 저으며 백까지 숫자를 세었다. 지루할 때마다 하던, 나만의 방식이다. 뚝배기 가득 부풀어 오른 계란찜은 이모가 좋아하는 반찬이었다.

엄마가 새우젓을 조금 넣으려 하자, 이모가 손사래를 쳤다.

"언니, 소금 넣었는데 또 새우젓을 넣게?"

"그걸 넣어야 깊은 맛이 나는데."

"그 쿰쿰한 냄새, 난 싫어."

엄마는 새우젓을 넣어야 비린 맛이 줄고 감칠맛이 난다고 했지만 이모는 고개를 절레절레 저었다. 나는 넣든 말든 별 차이를 느끼지 못했다.

엄마는 이모가 사 온 독일 H사 칼을 꺼내 들고 팔을 이리저리 놀렸다. 이모는 뭐가 그리 웃긴지 배꼽을 잡고 허리를 숙였다.

"이게 바로 그 유명한 쌍둥이 칼이야?"

"이 회사는 말이지, 1731년에 만들어졌고 원래는 귀족들에게 납품했대."

엄마는 연신 고개를 끄덕였다. 그러다 독일제 젤리를 우물우물 씹다가 갑자기 생각난 듯 물었다.

"근데 동독 공산당들이 네가 일하는 병원 가까이에 있다고 했잖아. 안 무서워?"

뜬금없는 질문이었다. 엄마는 정치나 이데올로기 등에 관심이 없었다. 먹고사는 일이 윤리였던 시대이기도 했다.

이모는 잠시 멈칫하더니 말했다.

"공산주의든 민주주의든, 시민들한테는 큰 의미 없어. 정부가 만든 틀일 뿐이지. 사람들은 그냥 떨어져 있는 서로를 그리워하고 불편해할 뿐이야. 편지도 주고받고 하니까."

"나라면 무서울 것 같은데?"

"밤이면 가끔 총소리가 들리긴 해. 병원 기숙사가 장벽에서 멀지 않거든."

"아….."

"근데, 언니, 그것보다 더 무서운 게 뭔지 알아?"

"뭔데?"

"밤 근무 때 병원 지하실에서 으스스한 울음소리가 들려. 장벽

넘다 죽은 귀신일까? 하하.”

이모는 딱딱한 현실을 괴담처럼 돌려 말하곤 했다.

그날 엄마와 이모의 대화는 이상하게 축축했고, 또 황량했다. 사춘기였던 나는 밥상머리에서 하품을 하며 그 이야기를 들었다.

시간이 흘러 내가 고등학생이 되었을 때 베를린 장벽이 무너졌고, 이듬해 통일이 되었다. 텔레비전 속 브란덴부르크 문 위에서 시민들이 울며 서로를 끌어안던 장면이 떠올랐다. 브란덴부르크 문 앞에서 한국 방송사 기자가 “이제 우리나라만 유일한 분단 상태”라며 울먹이던 목소리도 기억났다.

이모는 동서독 통일을 경험한 뒤 세상을 떠났다. 갑작스러운 죽음이었다. 이모의 지난한 삶은 유난히 추웠던 1994년 2월에서 멈췄다.

그날도 엄마와 나는 새우젓을 넣은 계란찜을 먹고 있었다. 나는 몰래 죄를 짓다 들킨 것처럼 움찔했다. 잔뜩 부풀었던 계란찜은 금세 푹 꺼졌다. 그 꺼진 모양이, 문득 이모의 마지막을 떠올리게 했다.

체크포인트 찰리 박물관(Checkpoint Charlie Museum)은 민박집에서 버스를 타면 그리 멀지 않았다. 분단 당시 언론인이나 예술인들이 통행하던 검문소로 베를린에 오면 꼭 가 보고 싶던 곳이었다.

박물관에는 탈출의 흔적과 기록이 전시되어 있었다. 동독의 트라반트(Trabant) 보닛에 몸을 숨기거나, 승용차 앞부분을 철판으로 보강해 바리케이드로 돌진하고, 열기구나 잠수정을 타고 경계를 넘던 사람들의 흔적들이 남아 있었다. 보닛 속에 몸을 오그린 마네킹이 눈에 들어왔다. 공허와 암흑 속에서 숨을 죽였을 사람들이 이상하게 낯설지 않았다. 슬펐지만, 동시에 현실감이 없었다.

나는 그중 장벽을 넘다가 다시 동독 쪽으로 떨어져 죽은 청년의 이야기가 가슴에 박혔다. 두 청년 중 한 명은 넘어갔지만 다른 한 명은 총을 맞고 떨어졌다. 피를 흘리며 죽어 가는 청년을 떠올리다 문득 생각했다. 이모가 말했던 병원 지하실의 울음소리는, 혹시 이런 죽음들이 남긴 소리였을까.

기념품 숍에서는 장벽의 파편을 작은 케이스에 담아 팔고 있었다. 이모가 살아 있었다면 그 조각들을 선물로 가져왔을 것이다. 그러고는 통일이 이루어진 과정과 그때의 공기를, 지겹도록 길게 설명했을지도 모른다.

이모의 죽음 이후, 내게 '독일'은 지도에서 사라지는 나라처럼 느껴졌다. 이모가 내 학비를 지원해 주었고 생활비를 보태 주었으며, 엄마의 유방암 수술 비용까지 감당해 주었기 때문만은 아니었다. 독일은 이모라는 존재를 통해 내 안에서 새롭게 해석되던 나라였다. 그런데 이제는 그 연결이 끊겼다.

이모에게 남편과 자식이 없었기에 장례식은 더 쓸쓸했다. 원래는 유일한 혈육인 엄마가 참석하기로 했지만, 막상 항공권을 끊으

안녕, 홍이

려다 엄마는 마음을 바꿨다. 비행기 타는 것 자체가 두려웠고, 공항 수속과 언어가 부담스러웠다. 엄마에게 유럽은 멀고 먼 땅이었다. 결국 일자리가 없어 빈둥거리던 내가 장례식에 오게 되었다.

이모가 누워 있는 관은 생각보다 작았다. 강대상 앞에는 이모의 영정 사진이 놓여 있었는데, 사진 속 얼굴은 이십 대 시절의 이모였다. 강대상 뒤로는 스테인드글라스에, 쓰러진 예수를 안은 마리아의 그림이 있었다. 고개 숙인 마리아의 표정은 선명하지 않았지만 어딘지 이모를 닮아 보였다.

관은 열려 있었다. 지인과 친척들이 마지막 인사를 할 수 있도록 배려한 것이다. 그때까지 한 번도 죽은 사람의 얼굴을 본 적이 없었던 나는 적잖이 충격을 받았다. 눈을 의심하며 몇 번이고 다시 보았다. 이모가 맞는지 확인하려고 눈을 비볐다.

이모의 몸은 생각보다 왜소했다. 얼굴은 약간 기울어 있었고, 손은 오그라져 있었다. 보랏빛이 도는 창백한 얼굴에는 죽기 전 고통이 남아 있는 듯했다. 몸은 마른 장작처럼 앙상했고, 좁은 관 속에 급히 구겨 넣은 옷처럼 보였다.

평소 꾸미기를 좋아하던 이모가 스스로 내려다봤다면 분명 투덜거렸을 것이다. "이 꼴을 사람들 앞에 내보이다니. 얼른 뚜껑 달아!" 하는 그 볼멘소리가 귓가에 들리는 듯했다. 하지만 그건 허영심 때문이 아니라, 혼자 떠난다는 외로움 때문이었을 것이다.

나의 이모 박수정은 파독 간호사였다. 본명은 박동례, 집에서는

'박똥례'라고 불렸다. '수정'이라는 이름은 독일에 온 뒤 이모가 새로 지었다고 한다. 맑고 깨끗한 이미지가 자신과 닮았다며.

이모가 태어나기 전, 엄마 아래로 여자아이가 하나 있었는데, 통통하게 살이 오를 즈음 그만 죽고 말았다고 한다. 다행히 곧이어 이모가 태어났지만 할아버지는 또 잃을까 두려웠다. 그래서 이모가 건강하게 장수하길 바라 귀신이 곁을 주지 못하게 하려고 천한 이름을 지었다.

이모는 어릴 적 친구들에게 자신을 똥례가 아닌 동례라고 불러 달라고 사정했다. 하지만 집에서 "똥례야" 하고 부르는 통에, 반 친구들 입에도 똥례가 붙었다. 이름이 부끄러웠던 이모는 독일에 오자마자 크리스털 그릇처럼 깨끗하게 '수정'으로 개명했다. 병동의 독일인 동료들은 '수지'라고 불렀다. 그래도 나는 이모의 이름, 똥례가 더 정겹다.

1970년, 이모는 해외개발공사를 통해 독일로 갔다. 당시 젊은이들은 가난 때문에, 혹은 도피와 자아실현을 꿈꾸며 해외로 나가기도 했다. 이모는 후자였다. 외할머니 말에 따르면, 이모는 철딱서니 없는 딸이었고 외가도 아주 궁핍하진 않았다. 경부고속도로 건설에 일조하려는 마음도, 초가집 지붕을 고쳐 주려는 효심도 아니었다. 단지 '구라파 여행'을 하고 싶다는, 혼기가 코앞인 소녀의 똘기 어린 열망이었다.

이모는 소원을 이루었지만, 인생은 짧았다. 이모가 독일에서 그 이름 그대로 박똥례로 살았다면 더 오래 살지 않았을까, 혼자 그런 생각도 했다.

이모의 마지막은 대략 이랬다. 병가도 지각도 없던 이모가 아침 근무 시간에 나타나지 않았다. 병원에서 전화를 해도 받지 않자, 급기야 한인 동료 간호사들이 집으로 찾아갔다. 초인종을 눌러도 문은 열리지 않았다. 결국 열쇠 수리공을 불러 문을 열었다.

이모는 욕실에서 잠옷 차림인 채 비틀어진 자세로 차갑게 식어 있었다. 입에는 치약이 묻어 있었고, 손에는 칫솔이 쥐어져 있었다. 외부 침입 흔적도, 자살이나 타살 정황도 없었다. 사인은 심장 마비로 추정되었다.

누군가 함께 있었다면 살릴 수도 있었을까. 이모는 이십여 년 전 타국으로 길을 떠났던 것처럼, 다시 외롭게 먼 길을 떠났다.

"뭐가 급하다고 그렇게 일찍 간 걸까?"

엄마는 이모의 죽음을 살점이 떨어져 나간 것처럼 아파했다. 엄마의 침실에서는 오래도록 울음소리가 들려왔다. 남편도, 큰딸도, 이제는 여동생까지 잃은 상실감 때문이었을까. 엄마는 한동안 수면제를 먹고서야 겨우 잠이 들었다.

이모는 죽기 한 달 전에도 편지를 보내왔다. 로마로, 비엔나로, 스페인으로 떠난 여행지 사진이 들어 있었다. '삶이 이렇게 즐거울 수 있냐'며, 언젠가 한국 가족 모두를 초대해 유럽 여행을 가자고 썼다. 그래서 나는 이모가 세상에서 가장 행복한 여자라고 생각했다. 그 행복의 여정에 나도 편승하고 싶었다. 낯선 호텔 발코니에서, 휴가의 여유를 누려 보고 싶었다.

엄마는 내가 의기소침해 있을 때마다 언젠가 이모를 만나러 독일에 가자며 내 어깨를 두드렸다. 그 말은 꽤 효력이 있는 위로였다. 독일이 내 삶의 비상구가 될 수 있으리라는 안도감도 있었다. 이모 집에 머물며 유학을 하는 풍경은 그리 허무맹랑하지 않았고, 공부를 마친 뒤에는 잘생긴 독일 남자와 결혼해 여유로운 삶을 사는 상상도 했다. 주말이면 오페라를 보고, 휴가 때면 스페인 섬에서 여름을 보내는 삶.

하지만 이제 이모가 바라보게 해 준 미래는 신기루처럼 사라졌다. 이모는 우리 모녀에게 조용하고 집요한 희망을 남기고 떠났다. 그래서인지 상실감은 더 컸다. 내 안의 무언가가 쿵, 내려앉았다. 이모의 갑작스러운 죽음은 오래 남는 잔상이 되었다.

목사님의 설교는 길고 지루했다. 장례식장에는 한국인이 대부분이었고, 간간이 독일인도 섞여 있었다. 한국어로 이어지는 설교에 독일인들은 지루했을 것이다. 그들은 자다 깨다를 반복하며, 마음 놓고 이모에 대한 각자의 기억에 잠길 수도 있었을지 모른다.

유족 자리는 맨 앞이었다. 나는 마치 이모가 주인공인 무대에 대신 서 있는 사람 같았다.

이모는 독일인과 결혼했지만 아이 없이 3년 만에 이혼했다. 가족들에게는 이혼 사실을 오래 숨겼다. 결혼할 때도 편지에 웨딩 사

     안녕, 홍이

진 한 장만 덜렁 붙여 보내왔다. 이모는 무릎 아래까지 내려오는 하얀 드레스를 입고 있었다. 미니스커트가 파격이던 시대에 윤복희보다 더 짧은 치마를 입고 활보했다는 사람이다. 반면 이모부는 얌전한 양복 차림이었다. 눈꼬리가 내려가고 선한 웃음이 매력적이었다.

하지만 이모부는 얼굴값을 했다. 결혼했어도 줄곧 다른 여자를 만났다. 결혼 3년째에는 집과 재산까지 자신 쪽으로 정리해 둔 상태였다. 이모가 그 복잡한 독일 법을 알 턱이 없었다. 적극적으로 함께 분노해 줄 사람도 없었다. 친구들은 "그래도 얼굴값한 남자랑 헤어진 게 어디냐?"며 위로했지만, 그 위로가 진심이었는지는 알 수 없었다.

이모는 결혼 전에 이모부가 자신을 얼마나 사랑하는지, 소설 한 편은 될 만큼 긴 편지를 보내왔었다. 외할머니는 속이 뒤집혔다. 할머니는 원래 이모의 독일행을 달갑게 여기지 않았다. 고집 부리고 떠났던 딸이 계약 기간 3년만 채우고 돌아와 조신하게 시집갈 줄 알았다.

이모는 독일에 갈 때도 "전생에 히틀러의 연인이었을지도 모른다."며 고집을 꺾지 않았다. 할머니는 히틀러인지 비틀러인지 누군지는 몰라도 이모 목을 확 꺾어 놓겠다고 노발대발했다. 이모가 얼굴 하얀 독일인과 결혼한다고 하자, "집안에 구라파 망령이 들었다."며 날을 세웠다.

엄마도 마치 이모를 먼 곳으로 떠밀어 보내는 사람처럼 허망한 표정을 지었다. 다만 어린 나로서는, 독일로 갈 길이 조금 더 가까워진 느낌이 들었던 것도 사실이다. 이모부가 '괜찮은 남자'라는 전제하에.

고국으로 돌아오리라 생각했던 이모는 결혼을 통해 끝내 독일에 남을 명분을 만들었다. 그랬던 이모의 이혼 소식에 외할머니는 "똥례 그년, 내 그럴 줄 알았다."며 혀를 찼다. "변소에 된똥을 주워 담아 독일 놈과 똥례 면상에 들이붓고 싶다."는 말도 서슴지 않았다. 나는 속으로 피식 웃었다. 이름에 '똥' 자가 들어간 사람에게 다시 똥이라니, 할머니 말은 이상하게도 그럴듯했다.

나중에 알게 된 사실이지만, 이모는 남편의 외도 소식을 듣고 처음으로 길길이 날뛰었다고 한다. 그러나 이모부는 그런 이모를 감정적인 여자라고 경멸하며, 이성적으로 떠났다. 천하를 호령할 것 같던 이모만 실성한 사람처럼 무너졌다.

아이도 없었으니, 누가 봐도 깔끔한 이별이었다. 매달리는 쪽은 추잡해 보이고, 떠나는 쪽은 단정해 보이는 종류의 이별. 이모는 그 관계에서 조그만 동양 인형 같은 존재였을까. 낯선 호기심의 대상이었을까. 남자는 그 호기 어린 달뜬 감정이 사라졌을 때 가감 없이 돌아섰다. 문화와 언어의 장벽은 생각보다 두꺼웠고, 남자는 자기들 세계로 서슴없이 귀환했다.

똥례 이모는 시간이 흐르며 자신을 추스르기 시작했다. 열정 많던 독일의 첫 기억을 떠올리며 '그래도 견디리라'는 마음으로 버텼다. 하지만 원래의 시간으로 되돌아가는 일은 쉽지 않았다. 치유되지 못한 상처는 곪고, 가면은 어느새 얼굴이 되는 법이다. 그래도 이모는 자기 인생에서 가장 촘촘한 시간을 만들려 애썼다. 상처를 마주하고 고통에 맞서는 것, 그게 인생을 자각하는 일임을 알았기 때문이다.

이모는 악착같이 돈을 벌었고, 열심히 쓰며 즐겼다. 돈을 더 주는 밤 근무를 자청했고, 휴가 때는 자신을 위해 최고급 여행을 떠났다. 마치 인생의 마지막을 사는 사람처럼, 스스로를 몰아붙이며 살았다. 이모의 삶은 일하고 여행하는 일로 메워졌다.

하지만 불쌍한 똥례 이모.

마지막은, 너무 쓸쓸했다. 유족 자리에 나 혼자 앉아 있는 것도 처량했다. 할머니가 살아 있었다면, 혹은 독일인 이모부가 이 자리에 있었다면, "내 딸 똥례 내놔라."며 멱살을 잡았을지도 모른다.

다행히 두 사람은 없었다. 대신 가족처럼 지낸 동료 한인 간호사들과 교회 식구들, 무엇보다 이모의 파독 간호사 친구들이 있었다. '덕심'이라는 이름의 아줌마는 꽤 활달했다. 과도하게 친절한데도 인위적이지 않았다. 장례식의 무거운 분위기를 잔칫집처럼 바꿔 놓는 힘이 있었다. 거친 게르만 사람들 사이에서도 기죽지 않을 것 같은 당당함이 풍겼다.

사실 이모의 사망 소식도 덕심 아줌마가 전해 왔다. 독일 사정을 몰랐던 나는 이모의 친구들이 모든 절차를 알아서 처리해 준 것이 고마웠다. 이모가 그동안 사람들과 잘 지내 왔다는 사실이, 그나마 다행이었다.

이모는 장례 보험에도 가입해 두었다. 나중에 알고 보니, 동료 한인 간호사들 대부분이 그 시대 유행처럼 개인 보험이나 장례 보험, 생명 보험을 들어 두었던 모양이다. 보험사에서 묘지 관련 도움을 주었기에 절차도 덜 막막했다.

목사님의 설교는 계속 이어졌다.

"여기 박수정 성도의 죽음 앞에서 자신을 반성해 봅시다. 나는 언제 부름을 받아도 순종할 준비가 되어 있는가. 그리고 육체의 죽음 이전에 죄에 대해 죽는 진정한 회개가 있는가. 이 회개가 있을 때 마지막은 구원의 길로 인도될 것입니다."

'…죄에 대한 회개….'

히틀러의 흔적이 스며든 베를린에서 '죄'라는 단어는 묘하게 껄끄러웠다. 다수의 가해자가 있을 때 책임은 나눠질수록 가벼워진다. 설교가 관 속에 누운 이모에게 하는 말인지, 살아남은 사람들에게 하는 말인지 알 수 없었다. 대충 이해하자면, 우리도 이모처럼 허망하게 갈 수 있으니 잘 살라는 뜻일 것이다.

마침내 설교가 끝났다. 장례식장이 조금 웅성거렸다. 잠시 뒤 뒤쪽에서 육중한 문이 열렸다. 검은 양복을 입은, 건장한 독일 남자 네 명이 성큼성큼 걸어 들어왔다. 묘지 직원들이었다. 그들은 관

앞에서 가볍게 목례한 뒤, 천천히 관 뚜껑을 닫았다. 그리고 힘을 주어 관을 들어 올렸다. 무표정한 동행자들. 이모의 마지막을 끝까지 함께할 사람들.

사람들은 그들 뒤를 따라 밖으로 나왔다. 무덤까지는 꽤 떨어져 있었다. 검은 옷을 입은 조문객들도 줄지어 걸었다. 모두가 언젠가 자신의 차례가 올 것을 알면서도, 그 시간이 조금이라도 더디 오기를 바라는 사람들처럼 보였다. 그들 사이에서 유독 나만 이방인 같았다.

그때 누군가 내게 다가왔다. 허리를 강조한 원피스형 검은 코트를 입은, 차분한 인상의 중년 여성이었다.

"수정이 조카군요. 나는 파독 초창기에 이모와 같은 병원에서 근무했던 친구, 조현자예요."

꼭 다문 입술과 조용한 목소리가 인상적이었다. 수수한 미소가 따뜻하면서도 우아했다. 옆에는 그녀의 딸로 보이는 소녀가 검은 벨벳 코트를 입고 서 있었다. 앳됐지만 키가 컸고, 나이를 가늠하기 어려운 성숙함이 느껴졌다. 두 사람의 눈빛은 닮아 있었지만, 희미하게 웃는 표정은 전혀 달랐다. 소녀의 눈은 쌍꺼풀이 없었지만 유난히 눈망울이 컸다.

"제 딸 은수예요."

내 시선이 자신에게 꽂히자, 은수는 갑자기 눈길을 떨구었다.

"수정이가 이렇게 갑자기 갈 줄은 몰랐네요."

현자 아줌마가 말하는 동안 나는 은수를 힐끗 바라보았다.

"따님이군요. 엄마 닮아서 예쁘네요."

"십 대는 다 그렇죠."

현자 아줌마가 짧게 웃었다. 다시 고개를 든 은수의 눈빛에서 희미한 미소가 스쳤다.

사람들이 서서히 무덤 곁으로 모여들었다. 나는 유가족이었기에 집례하는 목사님 곁으로 다가섰다. 조문객들이 무덤 앞에 줄을 섰고, 나와 목사님은 그들을 맞았다. 깊숙이 파인 땅속으로 관이 내려가고, 그 위로 흙이 덮였다. 누군가는 흙을 한 줌씩 뿌렸고, 누군가는 꽃잎을 흩뿌렸다. 붉은 장미 꽃잎이 바람에 날려 꽃비가 되었다. 인생이 고단했어도 마지막은 꽃길이라고 말하는 듯했다.

뒤에서 누군가가 오열했다. 그때 진눈깨비가 내렸다. 하늘에서 떨어진 작은 물방울이 땅에 스며들어, 다시 자연으로 섞여 들어갔다.

마지막 조문객까지 의식이 끝나고, 몇 미터 떨어진 자작나무 아래 이모 친구들이 모여 있었다. 나는 모래에 발이 빠지듯 무겁게, 천천히 그쪽으로 향했다. 내가 다가가자, 그들은 서둘러 담뱃불을 땅에 버리고 발로 비벼 껐다.

덕심 아줌마가 묻지도 않은 말을 먼저 꺼냈다.

"에잇, 그동안 끊었는데 오늘은 마냥 담배가 당기네. 병원 근무할 때 독일 간호사들이 담배 피우러 맨날 자리를 비우더라고. 그때 우리도 쉬고 싶어서 배워 버렸지, 안 그래?"

덕심 아줌마는 흥분한 말투로 덧붙였다.

"아이고, 수정이 이 고약한 년. 먼저 갔으니 천국에 내 자리 하나 준비해 주겠지?"

그녀는 그렇게 말하고는 갑자기 공원이 떠나갈 듯 크게 웃었다. 듬성듬성 서 있던 조문객들이 우리를 바라보았다.

이모의 전 남편은 끝내 나타나지 않았다. 어딘가에서 또 다른 사랑에 빠져 있을 것이라고, 이모의 친구들은 소리 죽여 말했다. 한때 사랑했던 동양인 여자는 안중에도 없을 거라며, 참 냉정하고 인색한 독일 남자라고 혀를 찼다.

함께한 3년이 길지 않다고 해도, 사랑이란 그렇게 쉽게 끝나기도 한다. 내 엄마와 아빠처럼 이십 년을 함께 밥을 먹고 잠을 자고 아이를 낳아도, 또 다른 사랑 앞에서 삶을 내던질 수 있다. 사랑은 살을 맞대는 시간 너머에 있는지도 모른다.

이모는 그토록 열심히 일했지만 남긴 재산이 거의 없었다. 휴가 때마다 번 돈을 모아 여행지에 쏟아부었다. 가족에게 보내 준 돈도 적지 않았다. 남겨 줄 자식도 없으니, 순간순간을 살아내는 데 집중했을 것이다. 이모의 은행 잔고는 1994마르크였다. 기가 막히게도 이모가 죽은 해와 같은 숫자였다. 정리를 도와주던 친구들마저 "수십 년을 일해 온 마지막이 너무 초라하다."며 고개를 저었다. 갑자기 떠났기에 유언도 없었다. 살아 있는 사람들이 그의 뒷모습을 허망하게 바라볼 뿐이었다.

이모가 살던 집은 작은 거실과 방 하나였다. 혼자 살기엔 그리 비좁진 않았다.

"난 넓은 집에서 살고 싶어. 집 안에 헬스장과 영화관도 만들 거야."

오래전 이모는 그렇게 말했었다. 세금을 월급의 절반 가까이 내야 하는 독일에서 월급쟁이로 부자가 되기는 어렵다. 그럼에도 이모는 어린아이 같은 포부로 희망을 말하곤 했다. 그래서 삶이 미니멀해진 것은 쉽게 이해되지 않았다.

덕심 아줌마는 이모 이야기를 쉼 없이 풀어놓았다.

"수정이가 그래도 넓은 집에서 살았는데, 3년 전부터 덜렁 방 한 칸짜리로 이사하더라고. 물건들도 죄다 남 주고. 사람은 자기 죽을 때를 미리 아는 걸까. 지금 생각하면 소름 끼친다니까."

그날 나는 이모의 집에 갔다. 이모가 숱하게 몸을 기댔을 의자에 앉자, 등골이 서늘해졌다. 이모는 자신의 마지막을 미리 생각하고 있었던 게 아닐까.

방엔 침대 하나와 장롱이 전부였다. 후미진 식탁에 놓인 와인 병 몇 개만이 주인의 시간을 대신했다. 냉장고 안도 깨끗했다. 밤마다 뇌 건강을 위해 주전부리를 안주 삼아 와인을 마셨을까. 식탁 위에 땅콩과 호두 같은 견과류가 락앤락 통에 담겨 있었다. 싱

안녕, 홍이

크대 옆에는 철제 밥그릇에 계란 찌꺼기가 남아 있었다. 전날인지 그전 날인지 계란찜을 해 먹고, 눌어붙은 그릇을 물에 불려 둔 듯했다. 이모는 끝까지 계란찜을 좋아했던 모양이다. 독일에서 뿌리라도 내리고 살았을 줄 알았던 이모는 남긴 것 없이 깔끔하게 생을 마쳤다.

장례식이 끝난 뒤 며칠 동안 이모의 친구들이 번갈아 저녁밥을 사 주었다. 나는 그들의 청춘 시절 이야기를 귀가 따갑도록 들었다. 모두 병원 에피소드였다. 독일에 오게 된 사연, 비행기 안에서 있었던 일, 처음 겪은 독일의 겨울 이야기 등.

"수정이가 그랬어. '마르크스가 말했대. 베를린을 지배하는 자가 세상을 지배한다고. 그래서 난 베를린에서 성공할 거야'라고 말이야. 그런데 그렇게 말한 사람이 제일 먼저 가버릴 줄 누가 알았겠어?"

서로 기억이 엇갈리면 언성이 높아지기도 했다. 현자 아줌마는 조용히 리슬링 와인을 한 모금씩 마셨다. 그러다 "다시 만난 지 얼마 되지도 않았는데, 갑자기 소중한 친구를 잃었다."며 혼잣말처럼 울먹였다. 그 말을 할 때 입가에 순한 주름이 번졌다.

그들은 처음 독일에 왔을 때, 남부 독일의 작은 도시 K시에 있는 기독교 병원에서 근무했다. 셋은 늘 붙어 다녀 '삼총사'로 불렸다. 그러나 현자 아줌마가 어머니의 병환으로 한국에 돌아가면서, 얼마 지나지 않아 뿔뿔이 흩어졌다. 덕심 아줌마는 파독 광부와 결혼한 뒤 이모와 연락이 끊긴 적도 있었고, 이모가 베를린에 있는 병원으로 옮겨 오랫동안 소식이 닿지 않았던 모양이다. 파독 초기에는 우주의 끝에서 어깨를 맞댄 동지였지만, 시간이 흐르자 각자의 삶은 다른 우주로 흩어졌다.

이모가 남긴 유품은 많지 않았다. 그나마 쓸 만한 가구는 한인 교회에 다니는 유학생들이 가져갔다. 나는 이모의 방을 정리하다 책상 서랍에서 오래된 공책 한 권을 발견했다. 겉장에는 '조현자의 흔적'이라고 적혀 있었다. 현자 아줌마에게 돌려주려고 꺼내 둔 것 같았다. 나는 호기심을 못 이기고 결국 공책을 펼쳤다. 중간에는 눈물인지, 물기에 쪼그라든 자국이 남아 있었다.

1971년 10월 2일

독일에 온 지 2년이 다 되어 간다. 독일에서 사는 삶은 즐겁지도 슬프지도 않다. 그저 내 일을 하는 것뿐이다. 인생은 원하지 않아도 살아야 할 때가 있다. 나에게 삶이란 무엇일까. 우리 삶 자체가 시험이다. 우리는 모두 삶이라는 시험지 앞에 서서 정답을 찾으려 애쓴다. 용기의 시험이고, 사랑의 시험이다. 독일에 오기 전 어머니가 들려준 자신의 이야기가 내 가슴을 아프게 한다. 지금 내 나이보다 더 어린 꽃다운 열다섯 살에 어머니가 겪은 고통은 얼마나 심했을까. 어머니는 그 힘든 시간을 어떻게 견뎌냈을까. 먼 태평양 한가운데에 있던 엄마는 오늘 같은 밤이 되면 고향을 향해 비추는 달빛을 나처럼 그리워했을 것이다. 나도 지금 먼 이국땅에 와 있으니, 우리 모녀의 인생도 참 기구하기만 하구나.

1972년 5월 30일

　나는 유복녀다. 엄마 뱃속에 남아 있던 딸. 내 이름을 남겨 준 아버지는 내가 태어나기 전 하늘나라로 가 버렸다. 나는 아버지를 잃고 태어난 딸이다. 어젯밤 어머니 꿈을 꾸었다. 어머니가 누군가를 향해 달려가는 모습이었다. 나는 '어머니'라고 부르며 뒤를 따라 달렸다. 어두운 숲속으로 향하던 어머니는 갑자기 안개처럼 사라졌다. 어머니는 누구를 향해 달려갔던 것일까. 하늘나라로 간 아버지를 찾아간 것일까. 어머니의 슬픈 과거를 보듬어 주고 나를 세상에 보내 준 아버지는 어떤 분이었을까. 어머니는 나와 비슷한 나이에 꿈꾸었던 사랑의 결실에 행복했다고 했다. 하지만 아버지를 전쟁터에서 잃고, 아버지의 분신인 나를 생각하며 분연히 떨치고 일어났다. 이제는 내가 아버지 대신 어머니를 지켜 주어야 한다. 이제 내 이름의 의미를 다시 새길 것이다. 나의 미래는 복이 있는 여자, 유복녀로 살아갈 것이기 때문이다.

　나는 몇 장도 채 읽지 못했다. 더 읽으려 해도 더는 나아갈 수 없을 듯했다. 스무 살 언저리의 청춘이었을 텐데, 모든 청춘이 아름다울 수만은 없다. 어둡고 축축한 이야기, 어떤 사건을 겪고 인생의 결이 바뀌어 버린 이야기들은 끝까지 따라가기 힘들었다. 나는 공책을 덮고, 현자 아줌마에게 돌려주기 위해 일기장을 가방에 넣었다.

그날 밤 나는 여러 시대를 오락가락하는 꿈을 꾸었다. 60년대에서 70년대로, 다시 90년대로, 그리고 다시 그 이전으로. 꿈속을 헤매다 새벽이 되어서야 현실로 돌아왔다.

다음 날 현자 아줌마는 생각지도 못한 물건을 받았다는 듯 놀란 표정이었다.

"어머, 이거 내 일기장이잖아? 이게 어떻게?"

"이모가 돌려드리려고 했던 것 같아요."

나는 얼버무리듯 말했다. 고개를 갸웃하던 현자 아줌마는 잠시 생각하더니 환하게 웃었다.

"맞아. 내가 오래전 한국으로 돌아갈 때 부랴부랴 가느라 짐 몇 개를 수정이에게 맡겨 두고 간 게 생각난다. 그 뒤로 소식이 끊겼으니까. 주고 싶어도 기회를 못 찾았을 거야. 어쩜 이렇게 세월이 야속하게 흘렀다니."

덕심 아줌마는 눈시울을 붉혔다.

"현자야, 그러니까 베를린으로 얼른 이사 오라니까. 그치만 이제 우린 삼총사가 아니네."

잠시 뒤 현자 아줌마가 말했다.

"휴, 일기장도 다 옛날 이야기야. 지나간 건 지나간 대로 두는 게 맞는 것 같아. 먼저 간 수정이도 할 말이 많았을 텐데… 오죽 파란을 겪었겠니. 안드레아스랑 이혼하는 과정에서 많이 힘들었을 거야. 나는 그나마 이렇게 우리 딸 은수와 함께하는데….”

그들의 수다는 이십 대로 돌아가 추억을 꺼내고 곱씹는 의식 같았다.

며칠 뒤 부활절이 다가왔다. 휴가철이어서 사람들은 도시를 떠날 채비를 하고 있었다. 나도 그 기세를 타 한국으로 돌아왔다. 이모의 친구들은 “이왕 독일에 왔으니 여행도 하고 가라.”고 권했지만, 더는 머물 수 없었다. 이제 ‘독일’은 어떤 고리로도 나와 이어지지 않는 나라처럼 느껴졌다. 그동안 이모가 있었기에 독일 뉴스만 나와도 귀를 기울이던 우리 가족도, 점점 그것을 타인의 이야기로 밀어 두게 되었다. 다소 친근하게 다가왔던 괴테와 츠바이크와 릴케와 하이네도 이제는 그저 책 속의 이름으로만 남았다.

2. 은수

독일을 다녀온 뒤 시간이 흘렀다.

나는 어느 출판 그룹에 취직했다. 재벌급은 아니었지만, 출판계에서 제법 인지도를 가진 곳이었다. 회사는 출판과 잡지를 겸했다. 종이와 펜의 힘이 칼보다 세다는 것을 아는 사람들, 권력의 헤게모니가 어디서 작동하는지를 감각적으로 아는 사람들의 빠른 전략이 회사를 굴렸다. 출판 쪽은 기획뿐 아니라 자비출판, 대필까지 맡을 정도로 덩치가 컸고, 나는 잡지팀 취재기자로 들어갔다.

그러던 차에 외환위기가 닥쳤다. 열악한 출판업은 여지없이 내동댕이쳐졌다. 경제가 무너질 때 문화산업은 가장 먼저 흔들린다. 먹고사는 일이 벅차니, 책과 영화는 사치의 영역으로 밀려나기 마련이다. 대기업들조차 쓰러지는 상황에서, 문화는 언제나 뒷전이다.

사업 규모가 축소되자, 회사는 소수만 배에 태워야 했다. 몇몇 영업 직원과 디자이너가 해고됐고, 업무는 외주 용역으로 흩어졌다. 나는 그 살벌한 구조조정 속에서도 살아남았다. 대신 대가는 '저녁 없는 삶'이었다. 하루의 온·오프가 사라진 날들이 이어졌다.

나는 미래를 계획할 여유도 없이, '지금'이라는 현재에 매달려 살았다. 그나마 이런 상황에서 회사에 남아 있다는 사실만으로도 고개를 끄덕여야 할 것만 같았다.

어느 날 출판팀 부장이 나를 불렀다.

"어이, 차 기자. 독일 쪽에 친척 누구 있었잖아?"

"아…."

"그래. 이몬가 고몬가."

"파독 간호사로 가셨던 이모요…."

나는 무심코 '가셨던'을 눌러 발음했다. 과거형을 강조하고 싶었다. 하지만 부장은 내 우물쭈물한 어조를 알아채지 못했다.

"그렇지, 파독 간호사!"

"그런데 무슨 일이에요?"

"파독 광부 한 분이 독일에 와서 인터뷰를 해 달라네. 경비 걱정은 하지 말래. 돈은 많은가 봐."

나는 대답 대신 침을 삼켰다.

다시 찾은 베를린은 몇 년 전처럼 여전히 재건 공사가 한창이었다. 거리 전체가 흙더미 같았다. 좀 더 비약하자면, 2차 대전 후 복구가 아직도 현재진행형인 도시 같았다. 나도 세상도 변했는데, 베를린만은 그대로였다. 다만 사람들의 눈초리가 번들번들했고, 경계하는 기색이 짙었다. 장례식 때는 짧은 시간을 부랴부랴 다녀오

느라 느끼지 못했던 표정들이었다.

이번에는 꽤 깨끗한 숙소를 얻었다. 숙소 근처를 산책하려고 나선 그때, 잘 차려입은 운동복 차림의 남자가 조깅을 하고 있었다. 얼마나 뛰었는지 옷이 땀에 젖었고, 단단한 근육이 실루엣을 밀어 올렸다. 그 남자의 뒷모습을 잠시 따라가다 보니, 내가 정말 독일에 와 있다는 사실이 실감났다.

화창한 대낮, 낯선 남자의 젖은 몸을 보자 문득 죄책감이 스쳤다. 친구들이 하나둘 청첩장을 돌리던 사이, 나는 입가의 팔자주름을 걱정하며 막바지 청춘을 보내고 있었다. 맘속의 욕망을 들켜 속죄하는 마음으로 이모가 누워 있는 공동묘지에 들렀다. 묘지 숲 한가운데에는 태양 에너지 집열판이 세워져 있었다. 햇빛이 넉넉지 않은 베를린에서 한 줌 빛이라도 더 끌어모으려는 듯했다.

땅속의 이모는 이제 앙상한 뼈만 남아 있을까, 아니면 자연의 법칙처럼 이미 먹이사슬 속으로 스며들었을까. 성격처럼 딱딱한 미라 형태를 유지하고 있을 것 같기도 했다. 죽어서라도 고향으로 돌아오면 좋으련만, 어쩌면 몸은 이곳에 남고 영혼만 고국의 산천을 헤매는지도 모른다.

이모의 무덤은 정갈했다. 누군가 돌보고 있다는 느낌이 드는, 잘 손질된 잔디가 보였다. 옆에는 누군가 다녀간 흔적처럼 꽃 무더기가 놓여 있었다. 이모 친구들과는 그때 이후로 연락이 닿지 않았다.

   안녕, 홍이

다음 날, 나는 약속대로 최 씨를 만나러 갔다.

그는 한인 사회에서 제법 성공한 사람이었다. 초로의 나이에도 키가 180센티미터는 족히 돼 보였고, 살집과 근육이 적당히 조화를 이뤘다. 독일에 오기 전 월남 전선에서 살아남은 '대한의 사나이'라는 자부심이 강했다. 독일에 와서는 3년 계약 기간 동안 남부 독일 루르 지방의 광산에서 일했고, 이후 여행업과 식당업으로 돈을 벌었다.

집의 외관은 과시적이지 않았지만, 문을 열고 들어가면 고급스러움이 스며 있었다. 가구는 반짝였고, 안주인의 손길이 꼼꼼히 배어 있는 집이었다. 그의 아내는 파독 간호사 출신이었다. 여전히 병원에서 일하고 있었는데, 그날은 마침 쉬는 날이라 집에 있었다. 코끝을 스치는 재스민차와 싱싱한 딸기를 내왔다. 그의 아내는 상냥하고 분위기 있는 여성이었다. 나이가 들었는데도 젊음이 쉽게 떠나지 못하고 주춤거리며 뒷걸음질치는 듯한 싱싱함이 남아 있었다. 수줍은 미소와 하얀 피부 때문이었다. 거실 액자 속 젊은 시절 사진은 누가 봐도 눈에 띄는 미모였다. 다만 지금은 행복만으로 단정할 수 없는 얼굴이었다. 남편의 성실과 삶의 풍요에 어느 정도 기대어, '이게 인생이지' 하고 자족하는 표정에 가까웠다.

최 씨는 역사라는 험난한 굴곡 속에서 가열차게 살아남은 사람 같았다. 그는 월남전을 두 번이나 다녀왔다. 수많은 전투와 지하 탄광의 위험 속에서도 상처 하나 없이 살아남은 덕에 삶에 대한 배짱이 넘쳤다. 그의 인생은 허들 하나를 넘으면 더 높은 허들이 나타나는 형국이었고, 그는 그것을 피해 가지 않고 정면으로 넘은 사람이었다. 가난한 부모 밑에서 시작된 궁핍에 대한 저항이, 그를 그렇게 만들었다고 했다.

그의 이야기는 교과서 속 역사에 가까웠다. 반면에 나는 그저 회사에 순응하며 평화로운 시대에 안주해 돈을 벌고 쓰고, 노후를 위해 소소하게 저축하면 그만인 사람이다. 그리고 이곳에서 인터뷰를 잘 끝내고 한국으로 돌아가면 됐다. 숙소와 먹거리 경비는 최 씨가 부담하기로 했으니 돈 걱정도 덜했다. 그의 눈빛을 마주하고, 적절히 공감하고, 기사를 잘 쓰는 것— 그것이 내 임무였다.

최 씨는 첫날부터 전쟁 이야기며 살아온 과거를 털어놓았다. 기억이 가슴 밑바닥에서부터 올라오는지, 그는 한동안 눈을 감고 말을 멈췄다. 눈을 떴을 때 눈가에 물기가 서려 있었다. 사람에게는 다 응달이 있다. 겉은 화려해 보여도 고뇌는 밑바닥에 남는다. 내 앞에서 진주알 같은 눈물을 담고 있는 그를 보자, 오래 함께 밥을 먹어 온 사람처럼 정겹게 느껴졌다.

다음 날 아침 10시, 최 씨의 집에 도착했다. 막 환기를 끝냈는지 서늘한 거실에 레몬 향이 풍겼고, 통유리창의 커튼은 활짝 열려 있었다. 창 너머 정원에는 초록 잔디 위로 햇빛이 내려앉아 있었다. 그 평온한 풍경에 잠시 눈을 빼앗기다가, 커피잔이 탁자에 닿는 찰가닥 소리에 정신을 곧추세웠다. 인터뷰를 위해 노트북을 열었다.

 안녕, 홍이

그때 최 씨가 머뭇거리며 입을 뗐다.

"사실… 어제 대사관 영사과에서 연락이 왔는데…."

그가 내민 것은 베를린의 지역 신문이었다.

"아참, 기자님 독일어 못 하지? 내용이 뭐냐면, 어떤 한인 여성이 베를린 시민들이 보는 신문에 광고를 냈다지 뭐요."

"아… 네."

"참나, 들으면 황당할 거요."

최 씨는 뜸을 들이다가 말했다.

"마리타라는 이름의 젊은 한인 여성이 몸을 판다는 광고를 내서, 대사관에서 나보고 좀 가 봐 달라는데…."

그 시절에도 성매매는 터부였다. 한국에서도 단속이 강화되던 때였다. 최 씨는 평소에도 한인 사회 일을 척척 해결하던 터라 영사과의 부탁을 거절하지 못했다고 했다. 같은 한인으로서 안타까운 마음이 있었을지도 모른다.

최 씨는 대사관 일이라면 자다가도 벌떡 일어나는 사람이었다. 관의 요청을 들어주는 것이 곧 애국이라고 믿었다. 아버지나 할아버지 세대가 '면 서기'만 돼도 벼슬이라 여기던 때가 있었으니, 대사관의 부탁은 그에게 감투 같을 수도 있다. 그는 자식들에게도 "대사관에서 부탁하면 무조건 도와주라."고 엄포를 놓았다.

그가 소년처럼 머리를 긁적이며 말을 이었다.

"기자님이 여자이기도 하고, 또 젊고 글을 쓰는 양반이니 나랑 같이 가서 만나 봅시다.”

“제가요? 그런 곳에 가 본 적도 없고….”

“기자 정신을 발휘해서 가 보는 거지요. 이참에 배포를 키워야지요. 명색이 기자가 말이요.”

흔쾌히 대답할 수는 없었다. 하지만 한인 사회를 이해하는 데, 최 씨라는 사람을 들여다보는 데 참고가 될지도 모른다는 생각이 들었다.

며칠 뒤, 우리는 그의 차를 타고 성매매 업소가 밀집한 거리로 향했다. 막상 결정하고 나니, 한인 여성에게 무언가 도움이 될 수 있지 않을까 하는 의협심이 뒤늦게 솟아올랐다. 동시에 호기심도 있었다. 독일에서 성매매 하는 이를 만난다는 것은 나로선 특별한 사건이었다. 사귀는 남자도 없고 성에 대해 무지했지만, 호기심은 이미 앞서 달려가고 있었다.

한편으로는, 대사관에서 부탁한다고 해도 그 여성을 무슨 권리로 찾아가 대면하는지 난감했다. 마리타라는 여성에게 무례가 아닐까. 어설프게 달려들었다가 일이 더 꼬일 수도 있었다. 그래도 면전에서 거부당하면 돌아오면 된다— 나는 그렇게 스스로를 설득했다.

최 씨는 “한국에서 출장 온 남자들이 가끔 이런 데를 찾는다.”고 소리를 낮췄다. 당시 독일에서는 성매매를 직업으로 인정한다는 분위기가 있었다. 종사자가 수십 만 명에 이른다는 말까지 덧붙였

안녕, 홍이

다. 하지만 합법이든 아니든, 사회적 시선이 곱지 않은 소외 영역인 건 분명했다.

성매매 업소에 들어선 건 내 인생 처음이었다. 평범한 여성이 이런 문턱을 넘는 일은, 사회를 취재하는 기자라는 명분이 있기에 가능한 일처럼 느껴졌다. 그 순간, 처음으로 내 직업에 어설픈 자부심이 올라왔다.

입구에 들어서자, 벽의 절반을 차지하는 사진이 나의 시선을 끌었다. 나체의 여인이 요염한 포즈로 담배를 피우고 있었다. 검은 그림자가 허벅지 사이를 간신히 가리고 있어, 호기심을 자극하기에 충분했다. 사진 한 장으로도 이곳의 정체는 명확했다.

나는 마치 약에 취한 것처럼 몽롱한 상태로 최 씨 뒤를 따라갔다. 복도 옆방에 어떤 여자가 서 있었다. 어깨 아래로 부풀어 오른 머리, 진한 파마머리는 우주 왕복선에 탑승할 조종사의 헬맷처럼 보였다. 여자는 목의 스카프를 입으로 가져가 잘근잘근 씹으며, 텔레비전을 보는 듯 정면을 멍하니 주시했다가 이내 고개를 떨궜다. 허리를 굽히자, 허연 가슴골이 드러났다. 늙고 약삭빠른 고양이가 여자의 다리 사이를 요염하게 스쳤다. 창틈으로 겨울바람이 휘파람처럼 스며들었다.

잠시 후 누군가 우리 옆에 앉았다. 진한 스모키 화장을 한 여자였다. 속이 비치는 검은 망사 옷이, 손목의 드러난 흰 살을 더 돋보이게 했다. 언뜻 보면 독일인의 피가 섞인 듯 이국적인 미모였다. 어쩌면 진한 화장 탓 같았다. 나는 자세히 들여다보기가 민망해 시선을 피했다. 상대도 마찬가지였다. 우리는 서로를 정면으로 보지 않으면서 각자의 방식으로 슬쩍슬쩍 상대를 훑었다.

어디선가 낯익은 눈빛이었다. 내 기억 세포가 빠르게 움직이기 시작했다. 뇌의 신호가 온몸으로 퍼져 나갔다. 순간 전율이 일었다. 똥례 이모의 친구인 현자 아줌마의 딸. 서은수.

단어들이 바둑알처럼 튀어 나왔다. 하얀 얼굴에 우수가 깃들어 있던, 그 장례식장의 소녀. 다행히 은수는 나를 기억하지 못하는 듯했다. 갑자기 들이닥친 한국인들을 보고 놀란 기색이었고, 한동안 고개를 숙인 채 아무 말도 하지 않았다.

최 씨가 주문을 외우듯 먼저 말을 걸었다.

"아가씨, 어떻게 이런 일을 하게 됐어요?"

은수는 대답하지 않았다. 많아야 스무 살쯤일 텐데, 어떻게 이런 곳에서 숱한 남성들을 상대하는 일을 하게 된 걸까.

"아직 어린데 인생이 아깝잖아요."

최 씨가 다시 말했다.

그때 은수가 고개를 들더니 날카롭게 소리쳤다.

"내버려 두세요. 남이 살든 죽든 당신들이 무슨 간섭이에요? 어른들이 나한테 해 준 게 뭐가 있다고요!"

"돈 벌려면 다른 일도 할 수 있어요. 내가 일자리 소개도 해 줄 수 있다니까!"

최씨도 덩달아 목소리를 높였다. 나는 최 씨를 말리려 그를 바라봤다. 하지만 말이 입 안에서 붙어 나오지 않았다. 내가 한마디라도 하면, 은수가 내가 누구인지 알아차릴 것 같았다. 장례식장에서 인사를 받던 '수정 이모의 조카'라는 사실을.

그때 은수가 혼잣말처럼 중얼거리며 주위를 두리번거렸다. 그리고 벌떡 일어섰다.

"내가 낸 광고도 아닌데⋯ 공연히 일만 커졌어."

그녀의 몸이 잠시 휘청거렸다. 나는 끝내 입을 열지 못했다. 손바닥에 땀이 고였다. 나는 그 순간이 조용히 지나가길 바랐다.

결국 우리는 아무 소득도 없는 빚쟁이처럼 그곳을 나올 수밖에 없었다.

차 안에서 최 씨는 못내 아쉬운지 날씨 탓을 했다. "우라질, 이놈의 비는 왜 자꾸 내리냐."며 투덜댔다. 대사관에서 자신의 수고를 알아줘야 한다는 말도 덧붙였다.

"아니, 근데 차 기자는 꿀 먹은 벙어리처럼 한마디도 안 하고 그래요? 지원 사격을 해 줘야지."

"딱히 할 말이 없어서요⋯."

"취재거리도 되겠던데 좀 물어보고 그러지, 아니면 언니처럼 타이르든지, 원."

나는 죄지은 사람처럼 고개를 숙였다.

"마리타가⋯ 그런 일을 하게 된 이유가 있지 않을까요?"

하마터면 '은수'라고 부를 뻔했다. 다행히 최 씨는 눈치채지 못한 듯했다.

"뻔하지. 쉽게 돈 벌려고 하는 거 아니겠어요?"

"이름도 독일식으로 바꾸고요. 무슨 사연이 있을 것 같아서요."

"뭐, 돈이 궁했겠지."

그곳을 다녀온 뒤 며칠 지나지 않아 신문에서 '마리타'라는 이름은 사라졌다. 어떤 연유인지는 몰랐다. 며칠 후 최 씨가 다시 업소에 찾아가 확인했을 때, 은수는 더 이상 만나 주지 않았다고 한다. 어디로 가버린 걸까, 아니면 만나고 싶지 않았던 걸까. K시에 산다던 현자 아줌마를 수소문해 알려야 하나, 잠시 생각하다가도 시간은 금세 흘렀다. 남의 삶에 끼어들기 싫어하는 내 안의 게으름도 있었고, 하루빨리 한국으로 돌아가 최 씨의 글을 완결해야 한다는 생각뿐이었다.

한국으로 돌아와 다른 일에 몰입하자, 은수는 내 뇌리에서 사라졌다. 그사이 나는 늦깎이로 결혼을 했고, 부랴부랴 아이 둘을 낳았다. 둘째가 초등학교에 들어갈 무렵, 나는 다른 직장으로 이직도 했다. 막 동트기 시작한 종편 방송의 프리랜서 구성작가였다. 아이템을 발굴하고 사람을 섭외하고 원고를 쓰는 일은 잡지사 기자 때와 크게 다르지 않았다. 오히려 일은 더 많았다. 촬영 전까지 80~90퍼센트를 구성작가가 책임지는 경우도 많았다.

내가 맡은 분야는 시사·역사 다큐였다. 평소 관심 있던 영역이었다. 시간이 흘러 '메인 작가'라는 직함이 붙을 즈음, 능력과 인내심은 임계점에 닿았다. 그 무렵, 다큐멘터리 집필 의뢰가 들어왔다. 파독 간호사와 관련한 역사 다큐를 만들자는 제안이었다.

잊고 살았던 똥례 이모가 의식의 수면 위로 떠올랐다. 이 세상에 없는 사람의 존재감이 두레박을 타고 우물 밖으로 건져 올려지는 느낌이었다. 이모는 죽었지만, 나는 여전히 이모의 이력을 품고 곰팡이처럼 살아가고 있었다. 이모의 혼령이 우리 집 주변을 떠도는 것 같기도 했다.

대본을 쓰기 위해 파독 근로자 관련 책과 자료를 찾았다. 두 번이나 독일을 다녀온 나에게 그 주제는 비교적 친근했다. 그러다 인터넷 검색 중 뜻밖의 이름이 내 의식 한가운데로 훅 비집고 들어왔다.

'서은수 작가, 한 여자의 시간'— 일간지 최근 인터뷰 기사였다. 설치예술가 서은수의 소설 출간 소식. 몇몇 매체에는 '파독 간호사, 파독 2세로 이어지는 숨겨진 그들의 이야기'라는 부제가 붙어 있었다.

사진 속 은수는 단발머리에 트렌치코트를 입고 환하게 웃고 있었다. 나는 곧바로 그의 소설을 주문했다. 앳된 소녀의 티는 사라졌지만, 여전히 남아 있는 눈빛. 묘한 매력을 풍기는 깊은 눈.

책 『안녕, 홍이』의 표지 날개를 펼치자, 작가 프로필이 눈에 들어왔다.

베를린 예술대학에서 디자인을 공부하고, 한국 H대 미대에서 석사를 마쳤다. 『파란의 계절』 『아웃소싱』 『인터그라치온』 등 다수의 독일 갤러리에 작품을 전시하며 주목을 받았다. 계간 『세상의 문학』에 소설 「쉬이 잠들지 않는다」로 등단했다.

독일어로 쓴 역사소설 『베를린의 노스탤지어』로 독일 문단에서도 주목을 받았다. 독일과 한국을 오가며 미술과 문학의 경계를 넘나든다.

나는 습관처럼 맨 마지막 '작가의 말'을 먼저 읽었다.

이 책은 어제의 길이 아닌 또 다른 길입니다. 잃어버린 어제의 시간을 되돌아 길이 돼 버린 흔적을 찾습니다. 저는 그 길 위에서 죽고 싶었고, 다시 살고 싶었고, 또 살아가고 싶었어요.

…(중략)…

이 소설은 허구일 수도, 진실일 수도 있어요. 진실을 보여 주기 위해 거짓말을 사용했을 수도 있어요. 이야기가 끝나는 곳에서 독자들의 통찰로 이어지리라 믿어요….

짙은 화장 속에 자신을 가리고 어둠에 갇혀 있던 그녀가, 오래된 필름처럼 뿌옇게 다가왔다.

그날 나는 집에 돌아와 의식을 치르듯 새우젓을 넣은 계란찜을 만들었다. 커다랗게 부풀어 오르는 것을 보자, 내 안의 상처가 소스라치게 놀라 튀어 오르는 것 같았다. 새우젓의 비릿한 향이 코끝에 걸렸다. 정말 오랜만에 맛보는 냄새였다.

"혜경아, 새우젓 넣지 말라니까."

똥례 이모의 목소리가 환청처럼 스쳤다.

설거지거리를 그대로 둔 채 침대 위로 올라가, 빳빳하고 서걱거리는 소리가 나는 서은수의 소설을 펼쳤다.

* * *

창문을 열자, 맵고 찬 바람이 방 안으로 스며들었다. 아침에 '분더' 양로원 사비나 팀장이 전화를 해 왔다. 은수는 한동안 방 안을 서성거렸다. 갑자기 모든 사물이 멈춰버린 것처럼 느껴졌다. 검은 패딩을 걸치고 모자를 푹 눌러썼다.

밤새 악몽에 뒤척였다. 꿈속에서 누군가가 목을 잡아당기는 것 같았다. 컥컥, 소리가 났다. 양 갈래 머리를 땋아 내린 다섯 살 은수였다. 처음엔 숲길에서 엄마 손을 잡고 걸었다. 엄마만 있으면 바람도 무섭지 않았다. 그런데 사위가 어두워지고, 옆에 서 있던 나뭇가지가 기다렸다는 듯 바람에 우두두 떨어졌다. 그때였다. 엄마가 은수의 손을 놓고 숲속으로 내달렸다. 너무 무서워 엄마를 부르지 못했다. 엄마는 이미 저 멀리 달려가고 있었다. 프로이트의 말처럼 꿈이 억압된 욕망의 표현이라면, 이것도 무의식을 배출하는 통로 같은 것일까. 꿈속에서도 은수는 불안했다.

나의 엄마, 조현자.
"조 여사님이 하늘나라로 떠났어요."
"아…."
은수의 입에서 짧은 신음이 새어 나왔다.
사비나 팀장 말로는 담당 요양보호사가 아침에 엄마 방에 들어갔더니, 엄마는 조용히 손을 모으고 누워 있었다고 했다. 평소 같으면 잠에서 깨어 커튼을 열고, 의자나 침대에 조신하게 앉아 있을 사람이었다.
밤새 꿈에서 엄마가 달려간 숲은 엄마의 마지막을 뜻했던 걸까. 삶의 끝에 다다라서야 촘촘히 얽힌 인생의 고리가 끊어지는 걸까. 은수는 자신에게 울라고 다그쳤다. 그런데 마음은 유난히 고요했다. 이상했다. 눈물은커녕 오히려 차분했다.
3월 말인데도 날씨는 칼날처럼 서늘했다. 은수는 패딩을 벗고 가디건을 덧입었다. 계절을 가늠할 수 없는 요즘 같은 때, 엄마는 늘 "셔츠에 가디건을 껴입어." 하고 챙겼다. 독일의 계절은 종종 제 모습을 잊는다. 여름에도 갑자기 비가 오고 추워져, 정리하려던 겨울옷을 다시 꺼내 입곤 하니까.

안녕, 홍이

　은수는 서둘러 밖으로 나섰다. 강아지를 데리고 산책하는 할머니, 외투 깃을 목까지 올리고 어깨를 움츠린 중년 남자, 털모자를 눌러쓰고 거리를 달리는 청년. 세상은 변함없이 그대로였다. 걷다 보니 위아래 치아가 부딪칠 만큼 춥다. 다행히 차가 있는 곳까지는 멀지 않았다. 양로원까지 차로 겨우 5분 거리인데, 이날 따라 멀게 느껴졌다.

　양로원 앞 정원에는 몇몇 노인들이 공원에 흩어진 비둘기들처럼 바람을 이고 앉아 있었다. 휠체어에 앉아 담배를 피우는 노인도, 멀리 무언가를 주시하는 할머니도 눈에 들어왔다.

　그들은 아침에 딸기잼을 바른 갈색 빵 한 조각과 커피로 요기를 한 뒤, 바람과 햇살이 있는 정원으로 나선다. 어떤 노인은 아침을 먹고 제각각 방으로 돌아가거나 다목적실에서 텔레비전을 본다. 그러나 바깥이 그리운 노인들은 느린 걸음으로 정원을 향한다. 제법 쌀쌀해도 바람이든 사람이든, 접촉이 그리워 찬 바람을 이고서라도 문을 나선다.

　은수는 양로원 문 안으로 들어가려다 말고, 건너편 벤치에 앉았다. 그제야 심장 밑바닥에서 거친 숨이 올라왔다. 숨을 고르고 들어가야 할 것 같았다. 서둘러 생의 저편으로 가버린 엄마를 마주하기가 두려웠다.

　양로원 입구에서 몇 미터쯤 떨어진 벤치에 아버지와 아들로 보이는 남자 둘이 앉아 있었다. 정원을 산책하다 잠시 쉬는 듯했다.

휠체어에 앉은 이는 아버지였고, 뒤에 선 이는 아들이었다. 그들은 자신들의 미래와 과거의 거울을 본 듯 서로 닮아 있었다.

은수는 점퍼 주머니에 손을 넣었다. 손가락 사이로 날카로운 감각이 스쳤다. 두 조각 난 물체의 틈, 거친 이빨처럼 솟아난 단면.

아야. 무의식적으로 손을 빼자, 새하얀 손가락에 작은 생채기가 났다. 상처를 입에 대었다. 핏물의 온기가 전해졌다. 엄마는 은수 손에 상처가 나면 흐르는 물에 씻기고 약을 발라 주곤 했다.

엄마 생각이 나자, 갑자기 눈물이 핑 돌았다.

은수는 주머니에서 옥비녀를 꺼냈다. 두 동강 나 본연의 기능을 상실한 옥비녀. 푸른빛이 감도는 모습이 처연했다. 두 조각 사이의 거리는 멀었다. 다시 붙일 수 없을 것 같았다. 그 경계를 보자 불안이 밀려왔다.

빨리 엄마에게 옥비녀를 건네고 싶었다. 애타게 찾던 옥비녀가 여기 있다고, 말해야 했다. 옥비녀를 엄마 손에 들려 주면 타임머신을 타고 예전으로 돌아갈 수 있을 것 같았다.

부러진 옥비녀는 엄마의 흐느낌처럼 흐흐거리다가, 다시 '찰랑' 하고 부딪혔다. 엄마의 몸이 두 조각 나는 듯 비명을 지르는 것 같았다. 엄마는 옥비녀를 뺨에 대고 "홍이, 우리 어머니"라고 불렀었다. 엄마가 옥비녀를 애지중지 지니기 전까지 은수는 그 물건의 존재조차 몰랐다. 조선 시대 여인들이 머리에 꽂던 비녀는 사극에서나 보았으니까. 한국을 방문했을 때 아들 준서와 박물관에서 여러

안녕, 홍이

형태의 비녀를 본 적은 있었다.

옥비녀는 나름 의미가 있는 물건이었다. 옥을 몸에 지니면 잡귀를 물리친다고 해 장신구나 생활용품으로 쓰기도 했다. 은수는 조각난 옥비녀를 꽉 쥐었다. 엄마 없는 세상에 남겨진 수호신처럼, 자신의 미래를 지켜 줄 방패가 될 것만 같았다.

엄마는 몇 년 전부터 기억의 끈을 놓기 시작했다. 아니, 누군가 엄마를 다른 세계로 이끄는 것 같았다. 은수가 알지 못하는 세계에서 엄마는 오히려 안온해 보였다. 아무리 나오라고 절규해도, 엄마를 가둔 성은 견고했다.

엄마가 기억을 잃기 시작한 건 코로나 이후부터였다. 사비나 팀장 말이 맞을지도 모른다. 백신을 맞은 어르신들 중 치매 증세를 보인 경우가 많았다고 했다. 사비나 팀장은 일부러 백신을 맞지 않았고, 그 대가로 해고될 뻔했다고 웃으며 말했다. "2년 만에 끝나서 망정이지, 계속됐으면 나도 5차까지 맞아야 했겠지."라고. 누군가는 치매가 백신 때문이라고 하고, 누군가는 힘겨운 삶을 산 사람에게 과거를 잊으라는 선물이라고도 말한다.

엄마는 다행인지 불행인지 몇 분 전 일을 전혀 기억하지 못했다. 반대로 아주 오래전 과거는 세세하게 떠올렸다. 예컨대, 잊고 있던 초등학교 교가를 빠짐없이 부르거나, 어린 시절 살던 고향 초분골의 기억을 길어 올리는 식이었다. 엄마의 뇌 속에서는 다른 기억 세포가 가동하며 현재를 밀어냈다. 순간을 사는 것 같지만, 순간에 존재하지 않는 엄마.

은수는 결코 공유한 적 없는 엄마의 과거 속에서 자신을 찾고 싶었다. 그러나 그 길 어디에도 '은수'는 없었다. 어느 날 갑자기 떨어진 유성의 파편처럼, 은수는 엄마에게 낯선 이방인일 뿐이었다. 엄마의 시간 속 정겹고 따스한 곳에 은수는 존재하지 않았다. 모녀 사이에는 막혀 버린 기억의 터널이 놓여 있었고, 터널 안에는 강이 파고들어 건너기도 힘들었다.

하지만 옥비녀는 달랐다. 그 물건은 엄마에게 인간으로 육화된 존재 같았다. 엄마는 그렁그렁한 눈으로 옥비녀를 보며, 어디서부터 꼬였는지 모를 엉킨 회로를 풀어내느라 힘겨워 보였다. 옥비녀를 향해 오라버니라 했다가, 어머니라고 했다가, 뭔가에 홀린 사람처럼 안절부절못했다. '오라버니'는 외할머니 홍이가 남편 조태구를 부르던 호칭이었다. 엄마의 일기장을 보지 않았다면 알 수 없었을 그 많은 과거가 우두두 쏟아졌다.

다행히 엄마는 은수와 준서의 현재를 완전히 밀어내지는 않았다. 다만 모녀 사이의 끈적한 기억 같은 것은 존재하지 않았다. 딸과 손자라는 사실 정도만 겨우 인지했다. 그럴수록 은수는 앞이 보이지 않는 깜깜한 슬픔에 휩싸였다.

엄마는 늘 옥비녀를 손에 쥐고 있었다. 마치 불난 집에서 옥비녀하나만 챙기고 나온 사람 같았다. 엄마는 옥비녀를 쓰다듬으며 노래를 불렀다. '아리랑'이기도 했고, 전혀 모르는 음률이기도 했다.

속삭이듯 부르다가 옥비녀를 품에 안고 울기도 했다. 가끔은 바비 인형 머리에 옥비녀를 꽂아 주었는데, 꽂았다가 떨어지면 다시 집 어 올려 꽂았다.

바비 인형은 엄마가 독일에 있을 때 한국에 남아 있던 은수에게 보내 준 선물이었다. 은수는 밤마다 그 인형을 안고 엄마를 그리워 했다. 그래서 은수가 독일에 올 때도 바비 인형을 비행기에 태워 왔 다. 인형은 엄마가 남긴 애정의 잔불처럼 은수 곁에 남아 있었다.

그랬던 엄마가 이제는 반대로 어린 은수가 되었다. 엄마는 바비 인형의 머리를 빗겨 주며 옥비녀를 꽂아 주고, '흥흥' 노래를 불렀 다. 은수가 말을 시키지 않으면 엄마는 먼저 말을 건 적이 거의 없 었다. 언어를 잃어버린 사람처럼 보였다.

그러던 어느 날 옥비녀가 사라졌다. 그 뒤 엄마의 눈빛은 시든 꽃 처럼 힘이 빠졌다. 실성한 사람처럼 '오라버니'를 부르며 이 방 저 방을 헤맸다. 은수를 쳐다보는 눈빛은 이전에 본 적 없는 매서움이 었다. 마치 은수가 옥비녀를 숨겼다고 믿는 것 같았다.

"엄마, 뭘 찾아?"

"몰라."

엄마는 성난 아이처럼 뛰어다녔다.

"엄마, 그 비녀 잃어버렸어?"

"아이, 몰라!"

"엄마도 참, 소중한 걸 칠칠맞게 잃어버리고 그래."

"몰라."

"같이 찾아볼까?"

"그래, 홍이. 우리 어머니 말이야. 나, 어머니한테 갈 거야."

엄마는 은수를 힐끗 째려보더니 준서 방으로 달려갔다. 옥비녀는 어디에도 없었다. 엄마는 아이처럼 바닥에 엎드려 엉엉 울기 시작했다. 어깨를 일으켜 세우려 했지만, 엄마 힘이 얼마나 센지 은수는 뒤로 벌렁 넘어졌다.

날씨가 추워서인지 양로원 노인들이 하나둘 현관 안으로 들어갔다. 은수도 천천히 일어났다. 주머니 속 두 동강 난 옥비녀가 자꾸만 부딪혀 소리를 냈다. 주인에게 가고 싶다고 앙탈을 부리는 것 같았다.

엄마가 살던 집은 원래 은수가 사는 아파트에서 걸어서 십 분 거리였다. 멀지 않았지만 코로나가 한창일 때는 사회적 거리 두기 때문에 자주 가지 못했다. 엄마는 워낙 씩씩했으니 크게 걱정할 일이 없다고 생각했다.

코로나가 한풀 꺾일 즈음, 주말에 엄마 집에 들렀다. 가는 길에 튀르키예인이 운영하는 식료품점에서 싱싱한 오렌지와 사과를 샀다. 주인과도 알고 지내는 사이라 안부를 물었다. 코로나 때 독일 슈퍼에서 화장지가 동이 난 적이 있었고, 그때 마트 주인이 화장지 한 박스를 따로 챙겨 준 뒤로 더 친해졌다.

집에 들어서자, 엄마는 소파에서 텔레비전을 보고 있었다. 엄마는 정년퇴직한 뒤에도 일주일에 하루 병원에서 일했다. 퇴직연금도 나오고 자기 명의의 집도 있으니 돈이 궁한 건 아니었다. 다만 아직 일을 놓기엔 건강하다고 판단했던 것이다. 그런데 코로나가 닥치자 그마저도 관두었다.

시간이 남자, 엄마는 생전 안 가던 한인 행사에도 참여했다. 그곳에는 한국 음식이 그리운 노인들이 잔뜩 멋을 낸 차림으로 모여들었다. 집에서 해 먹는 것도 귀찮고, 늙어 가는 동료들의 안부도 궁금한 사람들이었다. 그러나 얼마 전부터 엄마의 한인 행사 나들이도 시들해졌다. 그들만의 묘한 알력들이 엄마의 심기를 건드린 듯했다. 이방인으로 산다는 것은 기본적인 결핍이 존재한다. 독일 사회에 자연스레 스며드는 일도, 한인 사회에서 강한 결속을 기대하는 일도 쉽지 않은 것 같았다.

엄마는 힐끗 고개를 돌렸다. 은수는 식탁 위를 보며 물었다.

"엄마, 밥은요?"

"애는? 아직 저녁 안 먹었지."

"엄마, 나도 저녁 안 먹었지. 아직 오후 두 신데."

"난 아직 아침도 안 먹었어."

"엄마는 무슨. 그릇 보니까 드셨구만."

식탁에는 먹고 남은 듯한 반찬 그릇이 보였다. 평소 같으면 진작 정리했을 것이다. 냉장고에 있어야 할 반찬통들이 식탁에 널브러져 있었다. 엄마는 자꾸 엉뚱한 말을 했고, 했던 말을 고장난 테이프처럼 반복했다. 단순한 깜박증인가 싶어 은수는 그러려니 했다.

냉장고 문을 여는 순간, 은수는 기겁했다. 과일과 채소에 검은 곰팡이가 꽃처럼 피어 있었다. 오랫동안 냉장고를 열지 않은 듯했다. 깔끔한 락앤락 반찬통 속에 있어야 할 음식들이 썩어 문드러져 곰팡이 둥지를 틀고 있었다. 깔끔한 엄마의 성격상 있을 수 없는 일이었다.

"엄마! 냉장고 청소 안 했어? 엄마, 살림 아예 안 하고 사나 봐?"

"하지. 왜 안 해?"

"이게 청소한 거라고? 곰팡이 피었잖아, 엄마."

"이제 늙어서 자주 못 해. 네가 하든가."

엄마 말도 그럴 듯했다. 정년이 훨씬 지난 나이니 귀찮을 법도 했다. 당황해 서 있는 은수 뒤로 엄마가 주춤거렸다.

"애, 은수야."

"응."

"외할머니한테 무슨 일 있을까? 전화해도 안 받아."

"외할머니?"

"내 어머니 홍이 말이야… 미친년! 외할머니 이름도 잊었어?"

은수도 알지 못하는 외할머니라니. 은수가 태어나기 훨씬 전에 세상을 떠난 사람이다. 연락처도 없는데, 어디로 전화를 했다는 걸까.

그때부터였다. 어디서 꺼냈는지 엄마 손에는 옥비녀가 쥐어져 있었다. 나중에서야 옥비녀가 할머니와의 오랜 추억이라는 것을 알게 되었다. 코로나 전에 엄마와 함께 한국을 방문했을 때, 호텔 방에서 텔레비전을 본 적이 있다. 옥비녀 만드는 사람의 인터뷰였다. 옥비녀 장인은 제작 과정을 설명하며 이렇게 말했다.

"옥비녀는 원석의 모양과 색에 따라 무엇을 만들지 결정됩니다. 모든 원석에는 방향을 나타내는 결이 있는데, 옥은 결이 불규칙합니다. 섬세한 조각이 가능한 것도 그 때문입니다. 일일이 정성을 들여야 하는 수작업이지요. 옥은 자연의 순리에 따라 태어나는 것이기에 더욱 특별해요."

옥은 예로부터 귀한 물건이다. 오죽하면 사내를 낳으면 옥동자, 흰 꽃이 피는 매화를 옥매, 맛 좋은 도미를 옥돔이라 불렀을까. 임금의 몸은 옥체, 도장은 옥쇄다. 중국인들이 떠받드는 옥황상제도 '옥' 자가 붙어 있다.

독일에 온 엄마는 입에 침을 튀기며 옥비녀에 담긴 이야기를 들려주었다.

"이렇게 귀한 옥비녀가 말이야, 너희 외할아버지가 할머니에게 남긴 사랑의 표시지."

"외할아버지 로맨티스트였네."

"나도 나중에 들은 이야기야. 난 아버지 얼굴도 몰라. 그저 상상 속에서 그리곤 하지. 너희 외할아버지는 참 멋진 분이셨을 것 같아. 안 그래, 은수야?"

엄마는 옥비녀를 삼베 보자기에 싸서 장롱 깊숙이, 신주단지 모시듯 넣어 두었다. 그런 옥비녀가 고요히 세상 밖으로 나온 것은 뜻밖의 일이었다. 엄마는 옥비녀를 품에 안고서야 아기처럼 잠에 빠져들었다. 그럴 때 엄마의 표정은 다섯 살 어린아이처럼 천진난만해 보였고, 꿈속에서 누군가를 만나는지 미소까지 지었다.

처음에는 엄마의 상태가 그럭저럭 괜찮았다. 은수가 작은 갤러리에 소속된 설치작가라 일이 없는 날이면 엄마 곁에 있을 수 있었다. 은수가 집에 없을 때도 아들 준서가 있으니, 아주 혼자라고 하기도 어려웠다.

어느 날 엄마와 소파에 앉아 옛날 이야기를 나눈 적이 있었다. 그러자 엄마는 오랜 시간 언어를 감금당하다 풀려난 사람처럼 말을 토해 냈다. 이전엔 아무리 물어도 들려주지 않던 이야기들이 사라진 섬 아틀란티스가 다시 솟아오르듯 봉긋이 떠올랐다. 은수는 생전 들어 보지 못한 외할머니 홍이의 이야기도, 푸릇푸릇했던 엄마의 젊은 날 이야기도 들을 수 있었다. 가슴에 묻어 둔 이야기를 풀어내는 것만으로도 치유가 된다고 믿고 싶었다. 은수가 앞으로 나아가기 위해 과거로 갔다면, 엄마는 과거로 가기 위해 현재를 사는 것 같았다. 하지만 그 봇물 같은 이야기가 지속된 것은 잠깐이었다. 날이 갈수록 엄마의 언어는 점점 줄어들었다.

은수는 치매 증상이 심해진 엄마를 집에 모시기로 했다. 엄마의 집은 세를 내주었다. 몇 년 전부터 시리아 난민 유입으로 집들이 부

안녕, 홍이

족해 임대 광고를 내자마자 세입자가 줄을 섰다.

은수는 처음엔 집 근처의, 한국의 '데이 센터' 같은 '타게스플레게'를 수소문했다. 양로원으로 보내기엔 엄마의 육체가 아직 젊고 건강했기 때문이다. 하지만 엄마는 아침마다 "안 간다."고 떼를 썼다. 결국 그곳도 그만두었다. 엄마가 완강하게 거부 의사를 표현한다는 것 자체가, 어쩌면 희망적이라고 은수는 생각했다.

은수는 하루 종일 소파에만 앉아 있던 엄마의 손을 잡아끌며 산책하자고 했다. 그러나 엄마는 온갖 구실을 대며 꾀를 부렸다.

"가려면 너나 가! 왜 나를 그렇게 멸치 볶듯이 달달 볶니?"

"우리 엄마, 운동 좋아했잖아!"

"내가 어린애니? 내가 다 알아서 하니까 너나 잘해!"

엄마는 늘 그런 식이었다. 은수가 다그치기라도 하면 소리를 거부했다.

"네가 나를 치매 환자 취급하는구나. 미친년!"

생전 하지 않던 욕이 엄마 입에서 튀어나오자, 은수는 더 겁이 났다. 엄마의 행동은 은수의 마음을 어지럽혔다. 옥비녀를 잃어버린 뒤에는 증세가 더 도드라졌다.

어느 날 엄마가 화장실에 들어가 한참 나오지 않은 적이 있었다. 안에서 이상한 소리가 났다. 은수는 조심스럽게 문을 열었다. 악취가 코를 찔렀다. 가슴이 철렁 내려앉았다.

엄마는 자신의 배설물을 손으로 만지작거리며 화장실 거울에 무

언가를 그리고 있었다. 바닥에는 오염된 속옷이 아무렇게나 던져
져 있었다.

"엄마… 이게 뭐야. 우리 엄마…."

"나 그림 그렸어. 예쁘지?"

은수는 자신도 모르게 소리를 질렀다. 엄마는 아랑곳하지 않고
알 수 없는 소리를 내며 하하, 호호 웃었다. 그때 엄마가 오염된 손
을 은수 쪽으로 내밀었다.

"악!"

은수의 비명에 방에 있던 준서가 뛰어나왔다. 준서는 은수의 등
너머로 화장실 안을 한 번 보고는 입을 벌린 채 아무 말없이 다시
방으로 들어가 버렸다. 엄마의 입에서는 "오라버니, 오라버니!" 하
는 소리만 흘러나왔다.

은수는 곧장 슈퍼로 달려가 가장 강한 방향제와 소독약을 샀다.
급한 마음에 마스크도 쓰지 않고 독한 세제를 뿌리자, 눈이 빠질 듯
따갑고 머리가 지끈거렸다. 엄마를 씻기고 소파에 앉혔다. 몸 안의
에너지가 다 빠진 은수는 거실 바닥에 털썩 주저앉았다.

"나, 이제 더는 엄마랑 못 살겠어."

엄마는 그런 은수를 물끄러미 바라보더니, 아리랑을 흐느끼듯
불렀다.

"아리랑 아라리오… 아리랑 고개를 으으으… 홍이, 홍이…."

안녕, 홍이

은수는 엄마를 양로원에 모시기로 결정한 후, 먼저 요양등급을 받기 위해 등급 판정 기관에 연락했다. 간호사 출신의 전문 조사관이 집을 방문했다. 예의 바른 엄마는 손님이 온다는 소식에 애써 옷매무새를 가다듬었다. 평가는 '혼자 생활이 가능한가'에 초점이 맞춰졌다. 스스로 걷는지, 밥을 먹는지, 옷을 입는지, 몸을 씻는지 등이 체크리스트였다.

엄마는 스스로 의식주를 해결할 수 있는 상태가 아니었다. 인지 기능이 좋지 않아 누군가의 도움이 필요했다. 그럼에도 요양등급은 겨우 1등급이 나왔다. 독일은 등급이 높을수록 중증이며, 2등급부터 어느 정도 보조금이 나온다. 보호자에게 매달 일정 금액이 지급된다. 시설로 들어가면 의료 보험 회사에서 조금 더 많은 비용을 환자를 위해 지불한다.

양로원 비용을 충당하기 위해 엄마 명의의 집을 팔았다. 베를린 집값이 오르면서 구입 가격보다 꽤 높은 가격에 팔 수 있었다.

엄마의 친구 덕심 아줌마에게서 전화가 왔다.

“엄마 상태가 많이 심해졌나 보구나. 양로원 결정되면 알려 주렴.”

“네, 아줌마. 저도 어떻게 할 도리가 없네요.”

“그래, 너도 애 키우고 힘들지. 이해해.”

가끔 준서를 홀로 키우면서 원인 모를 서러움과 피곤이 밀려올 때가 있었다. 그나마 엄마가 기억을 잃기 전까지는 준서를 함께 키웠다. 유능한 간호사였던 엄마는 준서가 아플 때나 칭얼거릴 때마다 원인을 금세 알아챘다. 준서를 낳았을 때도 가장 기뻐해 준 사람이다.

“우리 딸! 이렇게 젊은 나를 할머니로 만들어 버렸네.”

엄마는 임신 중에 먹어야 할 약과 음식의 리스트를 만들어 주기도 했다.

“뱃속의 생명은 씨앗이란다. 그 씨앗을 정성으로 돌봐야 해.”

은수는 그런 때가 있었나 싶게 아득해졌다.

언젠가부터 사춘기에 접어든 아들은 입을 자물쇠로 잠근 듯 말이 없었다. 혼자 들어가서 문을 잠근 후 도통 나오지 않았다. 은수는 그런 준서를 기다려 주어야 할지, 대화를 시도해야 할지 망설여졌다. ‘엄마가 처음이라’라는 말이 은수에게는 딱 들어맞았다. 이럴 때 엄마에게 털어놓으면 적절한 조언을 해 주었는데, 이제는 엄마와 대화 자체가 불가능하다.

인생의 어떤 과정에서는 그저 견디는 것만 가능할 때가 있다. 은

안녕, 홍이

수는 현재를 그대로 인정하기로 했다. 준서는 근래 들어 부쩍 혼자 있고 싶어 했다. 어쩌다 방문을 두드리고 들어가면 무언가에 놀란 듯 보였다. 여자 친구가 생길 나이지만 이성 문제는 아닌 것 같았다. 은수는 이야기를 나누고 싶었지만, 준서가 밤늦게 귀가하는 날이 많았다.

어느 날 밤, 은수는 늦게 들어온 준서를 불러세웠다.

"할머니가 양로원 들어가신 거 알아, 몰라? 넌 관심도 없니?"

준서는 아무 말도 하지 않은 채 고개를 숙였다. 그러고는 말없이 자기 방으로 들어가 버렸다. 대답을 바란 건 아니었다.

한 시간쯤 흘렀을까. 준서가 방에서 나왔다. 두 조각으로 부러진 옥비녀를 꺼내 든 채, 우두커니 서 있었다.

"아니, 옥비녀가 왜 너한테 있어?"

"…."

"말 좀 해 봐. 근데 왜 부러진 거야?"

어쩌면 옥비녀 때문에 엄마의 증상이 더 심해졌는지도 모른다. 그건 준서도 아는 사실이었다. 준서가 침묵할수록 은수는 숨이 막혔다. 치매에 걸린 엄마와 사춘기 아들을 저울에 올려 힘듦의 경중을 따져 본다면, 지금은 사춘기 아들이 더 무겁게 느껴졌다.

"아니, 그 튼튼한 옥비녀가 왜 부러져 있냐고. 말 안 할 거야?"

준서가 고개를 들었다.

"엄마가 나한테 관심이나 있었어요?"

“뭐?”

“엄마한테 말했는데, 엄마는 신경 쓰지 않았잖아요!”

“뭘 말해? 알기 쉽게 자세히 말해 봐!”

“학교 역사 시간에 오래된 물건을 가져오라고 해서 엄마한테 말
했는데요, 별 반응이 없어서… 그냥 할머니 방에 있는 옥비녀를 잠
깐 가져간 거라구요!”

옥비녀가 오래된 물건이라는 건 알긴 아나 보다. 은수는 피식 웃
음이 났다.

“예전에 한국에 놀러 갔을 때 박물관에서 본 것 같아서요. 얼른
발표만 하고 다시 갖다 놓으려고 했단 말이에요.”

“그럼 나중에라도 말을 했어야지. 할머니가 물건 찾고 야단법석
떤 거 알잖아?”

“그래서 더… 사실대로 말할 수 없었어요.”

“왜?”

준서는 잠시 머뭇거렸다가, 나직이 대답했다.

“부러진 거 알면 할머니가 더 상처받을까 봐, 아플까 봐, 더 힘들
까 봐서요.”

갑자기 등짝을 둔기로 얻어맞은 기분이었다. 준서의 마음이 느
껴져서 가슴이 아려왔다. 어린 시절 은수 또한 엄마 마음이 아플까
봐 아빠 이야기를 자세히 묻지 못했던 기억이 떠올랐다. 상처를 묻
어 두면 언젠가 스르르 잊혀질 것이라 믿었다. 그러나 마음의 상처

는 기억으로 저장될 뿐, 치유는 쉽지 않았다. 때가 되면 새살 돋듯 다시 아픔으로 살아났다.

삶은 이중적이다. 행복하다가도 불안이 영혼을 잠식하고, 만남과 이별, 삶과 죽음 같은 이원적 가치가 뿌리처럼 한데 엉켜 있다가 전혀 다른 가지로 뻗어 가기도 한다.

준서는 차분하게 말을 이었다. 그날 친구들이 학교 역사 시간에 오래되고 귀한 물건들을 가져왔다고 했다. 종교개혁자 루터의 친필 서신, 라이너 마리아 릴케의 초판 서적, 가족이 보관해 온 골동품 등등 진귀한 것들이 많았다. 준서는 친구들이 가져온 물건들 앞에서 주눅이 들었다. 옥비녀가 하찮게 느껴졌다. 독일인들은 쪽진 머리도 없고 옥비녀를 꽂지도 않으니, 옥비녀가 무엇에 쓰는지 알 턱이 없었다.

그날 준서는 슬그머니 가방에서 옥비녀를 꺼내 들었다. 그때였다. 건너편 자리에 앉아 있던 아브람이 잽싸게 달려왔다. 튀르키예계 4세. 덩치가 크고 턱수염과 눈썹이 진해서 누가 봐도 위압적으로 보이는 아이였다. 준서보다 세 살이나 많지만 같은 반이었다. 성적이 좋지 않아 유급이 된 탓이었다. 그의 옆에는 아랍계로 보이는 추종자들이 늘 붙어 다녔다.

베를린은 시리아 난민 유입 이후 무슬림계 아이들이 늘었다. 물론 이전부터도 아랍계와 튀르키예계가 이민자의 대다수를 차지해 왔다. 그들은 게토를 형성하며 또 다른 힘을 과시했다. 준서의 학교에서도 난민들을 위해 특별 독일어반을 개설했다. 1년 정도 '환영반'이라 불리는 반에서 독일어를 공부한 뒤 각 반으로 배정되었다. 그들은 가끔 체구가 왜소한 준서를 놀리곤 했다. 그날도 아브람이 옥비녀를 낚아채듯 뺏어 들었다.

"오, 이거! 거인들이 쓰는 이쑤시개 아니야?"

"아니야. 이거 우리 할머니 거야. 얼른 줘!"

"너희 할머니가 쓰는 이쑤시개구나. 그럼 할머니가 거인?"

준서는 구구절절 설명하는 게 귀찮았다. 아브람과 추종자들이 준서를 둘러쌌다. 옥비녀를 든 아브람이 다른 친구에게 던지고, 그 친구가 또 다른 친구에게 던졌다. 다시 아브람이 잡자, 준서가 달려들었다. 순간 옥비녀가 '슝' 소리를 내며 하늘을 날더니, 교실 뒤벽에 달린 거울에 부딪혔다. 거울은 멀쩡했다. 하지만 옥비녀는 바닥에 떨어져 있었다. 반 토막 난 채로.

준서도, 아브람도, 추종자들도 어이없다는 듯 한동안 입을 벌리고 서 있었다.

"너희 할머니 이쑤시개는 솜사탕으로 만들었나? 아주 부실하네."

아브람의 떨거지들이 박장대소했다. 준서도 어이가 없었다. 어떻게 두 조각으로 부러질 수 있는지 이해할 수 없었다. 마치 준서 자신의 허리가 위아래로 잘린 기분이었다. 할머니의 울음소리가 환청처럼 들려왔다. 준서는 얼른 귀를 막았다.

안녕, 홍이

수업 종이 울리고 상황을 알게 된 선생님은 아브람과 준서를 격리 교실로 보냈다. 준서는 아무 잘못 없는 자신이 왜 가야 하는지 억울했다. 그러나 규칙은 규칙이었다.

준서는 독일에서 태어났다. 독일어는 모국어 수준이다. 그런데도 가끔 자신이 독일인인지 한국인인지 헷갈렸다. 김치보다 치즈와 소시지가 더 맛있고, 밥보다 빵이 더 좋았으며, 독일어가 한국어보다 편했다. 그렇다고 독일 친구들이 준서를 '독일인'으로 생각하는 것도 아니었다. 처음 보는 독일인들은 "넌 어디서 왔니?" 하고 꼭 태생을 물어본다. 준서는 그럴 때마다 알 수 없는 이유로 주눅이 들었다.

코로나가 한창일 때는 아시아인에 대한 인종 차별이 심했다. 마치 코로나를 몰고 온 주범처럼 몰아세웠다. 몇몇 아이들은 준서를 "코로나! 마피아!"라고 놀리곤 했다. 할머니의 옥비녀가 부러진 뒤로는 학교 가는 것도 싫었다.

가끔 악몽도 꿨다. 두 동강 난 옥비녀가 두 발로 걸어 다가오다가, 갑자기 할머니로 둔갑하는 꿈도 있었다. 그러면 그럴수록 더더욱 엄마에게 털어놓을 수 없었다.

은수는 준서가 학교에서 그렇게 힘들게 지냈는지 여태 알지 못했다. 말이 없는 아이였지만, 그럭저럭 모범생으로 잘 지내고 있다고 믿었다. 은수는 준서의 마음이 느껴져서 마음이 아팠다. 준서를 가슴에 꼭 안아 주었다. 아직도 어리기만 한 준서는 엄마 품에서 훌

쩍였다.

　독일어로 '기적'이라는 뜻의 '분더(Wunder)' 양로원은 베를린에
만 8개 지부가 있다. 죽어 가는 길목에 선 양로원 입주자들에게 '기
적'이라는 단어는 일상으로 돌아갈 수 있다는 의미일까. 아니면 그
런 일은 쉬이 일어나지 않을 것이기에, 일부러 '기적'이라는 말을
붙인 걸까.

　양로원은 4층 건물로 이루어져 있다. 3년 직업 교육을 마친 전문
간호사들의 업무는 주로 개별 노인들에게 약을 배분하고 인슐린
등을 투여하는 일이다. 그 외에 기본 교육을 받은 요양보조 인력이
여럿 일한다. 그들은 기본적인 돌봄을 담당한다. 노인들을 씻기고
옷을 입히고, 때때로 식사를 나르는 일이다. 직업에도 당연히 서열
이 있다. 교육을 받은 이들은 월급이 많다. 몸으로 하는 돌봄 인력
은 그만큼 보수가 낮다. 주로 독일어가 능숙하지 않은 외국인들이
맡는다.

　1층 치매 환자들이 있는 층의 팀장인 사비나는 이 양로원이 다른
곳에 비해 유익한 프로그램이 많다고 자신 있게 말했다. 사실 은수
는 단순히 집과 가깝다는 이유로 이곳을 정했다. 지부가 많아 체계
적이고 전문적인 것 같아 신뢰감이 들었다.

　양로원의 노인들 중 몇몇은 살고 싶어 사는 것보다, 목숨이 붙
어 있어 '살아야 하기에' 사는 이들이었다. 죽고 싶어도 죽지 못하

　　　　　　　　　안녕, 홍이

는 이들은 사지가 굳은 채 침대에 누워, 맛도 없는 감자죽을 누워서 받아먹었다.

아우슈비츠에서 살아남은 작가 '장 아메리(Jean Améry)'는 자살을 둘러싼 종교적·철학적 관점을 언급하며 죽음의 선택권을 인간의 권리로 사유한다. 엄마는 언젠가 "거동 못 할 때가 오면 스스로 죽고 싶다."고 말한 적이 있다. 독일 양로원에는 거동도 못 한 채 침대에 누워, 주는 밥만 먹고 있는 노인들이 많다. 엄마 또한 간호사였기에 그런 상황을 그 누구보다 잘 알고 있었다. 엄마는 스위스 국경 지역에 가면 주사 한 방으로 삶을 마감할 수 있다고 말했다. 말 그대로 '안락사'다.

하지만 죽음에 대한 선택은 인지적 사고가 가능할 때나 할 수 있는 말이다. 은수는 아무 선택권도 가질 수 없는 엄마의 모습이 처량해서 견딜 수 없었다.

양로원 정문 앞에는 요양 인력을 뽑는다는 플래카드가 붙어 있다. 이제 노인을 돌보는 업종은 활황 산업에 속한다. 그래서인지 너도나도 실버산업에 불나방처럼 달려든다. 독일 연방 정부나 정부 출연 기관도 노인복지 지원액을 늘렸다. 60년대 청춘의 몸으로 독일에 왔던 파독 근로자들도 노년의 언덕을 넘고 있었다. 나이 들어가는 파독 한인들을 위한 단체를 만들겠다는 사람들도 우후죽순 늘어났다. 말은 '돕는다'지만 사업이나 다름없다. 앞으로 베이비붐 세대가 노인이 되는 시점이니 수요가 늘어나는 것은 당연한 일이었다. 돌봄 인력도 고령화를 따라잡지 못해 충원이 안 되어 용역업체까지 생겨나는 판이다. 업체는 필요한 요양 인력을 양로원에 파견한다. 일일 노동 시장인 셈이다.

그럼에도 노인들은 독일어가 안 되는 외국인 노동자들 때문에 소통이 안 된다고 투덜거린다. 외국인에 대한 독일인들의 시선은 더 싸늘해지고 있다. 독일은 지난 수십 년간 피나는 노력으로 파시즘의 유령을 물리쳤다고 믿고 있지만, 나치 시대 종식 후 겨우 70여 년이 지났을 뿐인데, 기억은 변형되어 자리를 잡는다.

은수는 막상 엄마를 양로원에 보내 놓고 안절부절못했다. 연일 독일 사회 뉴스에 나오는 요양시설 관련 범죄에 촉각을 곤두세웠다. 의료인이라는 지위가 폭력으로 변질되는 사례는 공포를 증폭시킨다. 은수는 자꾸만 자신이 엄마를 죽음으로 내모는 것 같은 죄책감에 사로잡혔다. 양로원의 간호사들마저 가식처럼 여겨졌다.

엄마를 다시 집으로 데려오고 싶었다. 그러나 그러기엔 용기가 부족했다. 무엇보다 지금은 엄마의 옥비녀를 돌려주어야 했다. 엄마 손에 쥐어 주면 마법처럼 인지 기능이 되살아날 것 같았다. 그러면 엄마와 함께 다시 일상으로 돌아갈 수 있을 것 같았다. 지금은 그저 악몽일 뿐이라고 생각하고 싶었다. 그럴수록 은수는 초조해졌다.

* * *

 안녕, 홍이

나는 잠시 책에서 눈을 떼고 생각에 잠겼다. 베를린에서 마지막으로 보았던 은수의 얼굴이 떠올랐다. 그때 나는 최 씨와의 인터뷰를 마치고 돌아와, 곧바로 그의 책을 썼다. 출간 비용까지 적잖은 돈을 치른 최 씨는 인생의 숙원사업을 마쳤다며 연신 고맙다고 했다. 회사로서도 우리 근현대 경제 발전에 기여한 파독 광부의 삶을 책으로 남긴다는 점에서 의미가 있었다. 그렇게 독일은 내게 똥례 이모의 죽음과 최 씨, 그리고 은수가 뒤엉킨 운명적 고리처럼 단단히 엮여 있었다.

최 씨의 책이 출간된 지 십여 년이 흐른 어느 날이었다. 예전에 함께 일하던 출판사 동료에게서 연락처를 받았다며, 최 씨가 전화를 걸어왔다. 한국 선산에 누워 있는 부모님을 납골당에 모시는 일로 잠시 한국에 들어왔다고 했다. 사실 그는 노후를 한국에서 보내려고 집까지 사 두었다. 그런데 생각이 바뀌었다고 했다. 한국으로 돌아가는 건 늦은 것 같다고, 그는 얼버무리듯 말했다. 아마도 오랜 세월의 강을 건너오며 정서의 시차가 커졌을 것이다.

그는 칠십이 넘었지만, 달라지지 않은 풍채 때문인지 노년의 생활이 비교적 단단해 보였다. 우리는 점심을 함께했다. 서울 종로의 한정식집이었다. 나물 종류가 푸짐해서 외국에서 손님이 오면 한 번씩 대접했던 곳이다. 더위가 시작된 터라 시원한 매실차가 나왔지만, 그는 따뜻하게 데워달라고 직원을 여러 번 불렀다.

최 씨는 자신이 '독일에 사는 한인'이라는 사실을 거듭 강조했다.

강한 말투에는 강국 독일에 대한 자부심이 묻어났다. 그는 한국에 잠시 머무는 동안 느낀 것들을 털어놓았다. 나이 들어 한국에 머무는 시간이 신발 속 작은 돌멩이처럼 불편하다고 했다. 이물질을 빼기도 애매하고, 그냥 걷기에도 어정쩡한 어색함. 자신이 한국에서 살던 시절엔 가난한 나라였는데, 이제는 잘살게 된 것 같아 조금 허탈하다고도 했다. 예전에는 쓰다 만 독일 치약만 가져다 줘도 고마워하던 사람들이, 지금은 너무 흥청망청한다고 투덜거렸다. 똥례 이모와 결은 달랐지만, 그에게도 독일을 향한 숭배 감각이 살아 있었다. 숭배와 혐오는 같은 뿌리에서 자라듯, 자리는 언제든 뒤바뀔 수 있다.

최 씨는 치아도 좋지 않고 위장도 부담스럽다며 반찬을 젓가락으로 휘휘 젓다가 몇 숟갈 뜨고 내려놓았다. 독일에서 가져왔다며 아이들 먹으라고 독일제 젤리를 건넸다.

그는 자리에서 일어서며 악수를 청했다. 무언가 아쉬움이 남았는지 식당 안이 떠들썩할 정도로 목소리를 높였다. 자신은 한국 경제 발전에 일조한 애국자라며 국가가 그만큼 예우해야 한다고 말했다. 마치 무대 위에서 혼잣말을 이어 가는 모노드라마 배우 같았다. 밥을 먹던 몇 안 되는 손님들이 일제히 고개를 돌렸지만, 그들은 단지 큰 소리에 반응했을 뿐 최 씨의 이야기에는 관심이 없었다.

그들은 나라가 가난했던 시간을 알지 못하는 세대일 것이다. 마을의 고샛길도, 다듬어지지 않은 돌이 깔린 돌너덜길도 경험하지

안녕, 홍이

못했을 것이다. 자존심처럼 솟은 고층 빌딩과 네온사인 속에 살면서도, 자기 몸 하나 건사하기 어렵다며 위로를 구하는 시대를 사는 이들일 것이다. 그들은 자기 앞에 놓인 음식에 집중한 채 각자의 삶으로 돌아갔다.

나는 언젠가 읽은, 파독 간호사 한 분의 인터뷰 기사가 떠올랐다.

"독일에서 부끄럽지 않게 열심히 살았더니 애국자처럼 존경받네요. 하지만 6~70년대, 고국 땅에서 그 힘든 시간을 살아낸 분들이 진짜 애국자지요. 저는 그저 조국이 존재한다는 것만으로도 감사해요. 식민지에서, 전쟁에서 살아남아 나라가 존재하고 있다는 것만으로요. 나라가 없으면 어떻게 독일에 갈 수 있고 고향을 찾을 수 있겠어요?"

고국에 남아 삶을 이어 간 엄마와 똥례 이모, 그리고 내가 만난 파독 간호사와 최 씨 모두 그 시대를 버텨 낸 애국자라는 생각이 들었다. 최 씨는 이제 어디에도 정착하지 못하는 뜨내기 신세라며 한숨을 쉬었다. 외국에서 오래 살아도 끝내 이방인으로 삶을 마감해야 한다는 서글픔이 목소리에서 배어났다.

젊은 시절에는 척박한 이국땅에서도 나름의 자부심이 있었을 것이다. 그러나 늙고 나니 뿌리가 있던 고향에서 인정받고 싶은 마음이 더 큰 바람이 되었을 것이다. "그동안 힘들었지." 한마디 해 주며 "고생했다." 하고 등을 토닥여 줄 무언가가 필요한 나이. 기대했던 고향이 타향처럼 느껴진다면, 그는 어디에도 있지 못한 채 푸코의 진자처럼 흔들릴 수밖에 없다.

비록 유럽 여행으로 헛헛함을 메우던 이모 또한 "행복했어요?"라는 물음에 선뜻 답하지 못했을 것이다. 고향을 떠나온 삶은, 이유를 막론하고 결핍을 동반한다. 자발적 의지로 떠난 길이라 해도 마찬가지다. 그렇다면 다시 고향으로 돌아온 이들은 어떨까.

언젠가 재독 한인 감독이 만든 다큐멘터리를 본 적이 있다. 감독은 파독 간호사의 딸이었다. 그는 영화 속에서 '진정한 고향'을 찾고자 했다. 자신 또한 독일에서 이방인으로 살고 있기 때문이다. 그래서 먼저 독일에서 살아 본 엄마를 떠올리며 카메라를 들었다고 했다. 영화는 남해 독일 마을에 정착한 파독 근로자들의 모습을 담고 있었다. 나는 그 영화에서 인상적인 대사가 기억에 남았다.

"그런데 말이죠, 고향이 그립다고 원래 고향인 엄마 뱃속으로 들어갈 순 없잖아요. 사는 곳이 바로 내 고향인데…"

머리가 희끗한 여성이 한숨을 내쉬었다. 독일에 살면 고향이 그립고, 고향에 살면 한 번 살아 본 독일이 그리운 법이다. 어쩌면 인간의 습성 속에 남아 있는 나그네성이 그대로 드러난 것 아닐까. 방랑의 유전자를 가진 조상들은 이유를 막론하고 만주로, 남미로, 시베리아로, 중동으로, 독일로 떠났다.

나는 또다시 똥례 이모를 떠올렸다. 살아 있었다면 고국으로 돌아왔을까. 이모는 절대 그러지 않았을 것이다. 독일에서 첫사랑의 아련함처럼 고국을 그리워하다가, 운명처럼 생의 마지막을 맞았겠지. 먼 데서 달밤을 보며 낭만 한 자락처럼 향수에 젖다가, 비록 한 평짜리 무덤에 쓸쓸히 누울지라도.

최 씨와 이야기를 나누는 동안, 내 머리를 떠나지 않는 질문이 하나 있었다. 은수에 관한 이야기였다.

헤어지기 직전, 그가 먼저 말을 꺼냈다.

"차 기자님, 그때 그 한인 아가씨 있지요?"

"네."

궁금증이 목구멍을 태우는 것 같았다.

"내가 누굽니까, 하하. 그 아가씨가 누구 딸이냐면요, 그 아가씨 엄마가 우리 아내랑 파독 간호사로 처음 왔을 때 K시 병원에서 같이 근무했다고 하더군요."

"아… 그럼 다시 집으로 돌아간 거죠?"

"아, 당연하죠. 그 이후로 아마 대학도 들어가고 잘 지내는가 보더라구요."

"휴… 다행이네요."

나는 처음으로 환하게 웃었다.

그러나 최 씨의 말은 금세 다른 방향으로 흘렀다.

"어린 나이에 몸을 버렸으니 시집이나 제대로 갔을지 몰라요."

"…"

"내가 여자라면 부끄러워서 숨었을 것 같은데…"

제법 개방적이라 여겨 온 독일에 살면서도, 최 씨의 성 고정관념은 우리 부모 세대의 틀에서 크게 달라지지 않았다는 것을 느꼈다. 거북함이 목 안쪽에서 찌꺼기처럼 걸렸다. 나는 그 기색을 들킬까 봐 애써 웃었다. 그 시대에 통용되던 가치의 틀은 그럴 수밖에 없었을 거라, 억지로 고개를 끄덕였다.

사실 서은수가 왜, 어떻게 그곳에 들어가 일할 생각을 했는지 궁금해서 미칠 지경이었다. 동양 여성이 백인을 상대로 그런 일을 한다는 것이 나로선 쉽게 납득되지 않았다. 어쩌면 나 또한 고정된 틀에 갇혀 사는지도 몰랐다.

"그 여성분은 잘 사는 거죠?"

"잘 살아야지! 암요. 그래도 과거에 그런 일을 했으니 꼬리표처럼 따라다니겠죠. 여자로서는 좋지 않은 삶이니."

'좋지 않은 삶.'

평생 주홍글씨처럼 따라다닐 '좋지 않은 삶'은, 여성에게만 해당되는 것일까. 나는 방금 먹은 나물 덩어리가 목구멍을 타고 올라오는 걸 느꼈다. 화장실에 가서 먹은 것을 토해냈다. 선과 악, 본능과 절제의 경계선은 생각보다 얇고 가까웠다.

나는 왜 이 이야기들이 이렇게 불편한지 곱씹었다. 최 씨가 아빠와 비슷한 시대를 살았기 때문일 것이다. 자꾸만 아빠가 겹쳐 보였다. 딸 둘의 아빠는 그렇게 윤리적이어야 했을까. 아빠는 학교와 교회에서는 모범적인 사람이었다. 종교개혁자 루터를 지독히 경외했지만, 루터가 수녀와 사랑에 빠진 일은 옥의 티라고 말했다. 나

안녕, 홍이

는 그 말에 반기를 들고 싶었지만, 논쟁은 피하는 게 상책이었다. 세상에서 가장 정의롭다고 믿는 사람에게 다른 의견을 던지는 순간, 부메랑처럼 화살이 돌아오기 때문이다. 그 화살을 피하는 방법은 겉으로는 침묵하고 속으로는 칼을 가는 것뿐이었다. 그러기에 아버지 세대가 그런 가치관을 가진 자들의 마지막 유전자이길 바랐다.

언니는 나와 달리 아빠 말에 군소리 하나 없이 순종적이고 조신했다. 아빠는 언니에게 제우스 같은 신이었다. 인간과 신의 전쟁에서 인간의 반역은 몰락을 의미했다. 언니는 나보다 공부도 잘했고 조용했다. 하지만 어느 날, 별일도 아닌 일로 아버지의 눈 밖에 나 버렸다.

언니가 근처 학교 남학생에게서 연애편지를 받은 적이 있었다. 언니의 고운 얼굴을 좋아할 남자애들은 수두룩했을 것이다. 사랑을 받는다는 것이 나쁜 일은 아닌데, 아빠는 그것을 언니의 탓으로 몰았다.

"진짜 모른다고? 모르는데 그놈이 어떻게 네 이름을 알아?"

"전 모르는 남학생이에요."

"똑바로 말 안 해?"

"진짜 몰라요."

"지금 뭘 잘했다고 말대꾸야?"

분명 소설 속 주인공처럼 버스 정류장에서 언니를 눈여겨본 풋

내기 남학생의 편지였을 것이다. 말은 건네지 못하고, 어떻게 알아냈는지 모를 주소로 수줍게 보냈을 것이다. 나는 '언니 편지를 뜯어본 것부터 아빠 잘못'이라는 말이 목구멍까지 차올랐지만, 준엄한 권력 앞에서 입 밖으로 뱉을 힘은 없었다.

아빠의 손이 언니의 뺨으로 올라간 건 그때였다. 언니의 눈에 불꽃이 튀었다. 뺨은 물론 귀까지 새빨개졌다. 나는 순간 내 심장이 맞은 것처럼 헐떡거렸다. 치유할 수 없는 상처가 언니의 온몸에 독처럼 퍼지는 게 느껴졌다. 눈물이 그렁그렁 고여 뜨거운 우물이 되었다. 그러나 언니는 힘없이 아빠를 올려다보았다. 아직 자신이 여자라는 사실을 받아들이기 어려운 십 대 소녀가, 그물처럼 씌워진 성과 도덕 앞에서 깊은 피로를 느끼는 얼굴이었다.

"어디서 눈을 쳐들어!"

아빠의 수순은 훈계를 넘어 징계와 처벌로 이어졌다. "여자가 행실을 어떻게 했길래?"로 시작해, 급기야 언니의 '유혹'이 원인이라고 윽박질렀다. 아빠는 지속적으로 언니 마음에 죄책감을 주입했다. 언니는 단두대에 끌려간 마녀사냥의 제물 같았다. 성적 타락은 세상의 모든 여자들 탓이라고 단정했다. 언니는 억울했지만 침묵했다. 아빠라는 존재의 폭력을 겪으며 '더럽혀진 여자'가 된 것처럼 스스로를 몰아세웠다. 마음 약한 언니는 그때 이후 시름시름 앓기 시작했다.

어느 날 열병이 났다. 잔뜩 오른 열은 내릴 줄 몰랐고, 언니는 병원에 실려 갔다. 나침반처럼 방향을 잘 찾던 언니의 눈은 초점을 잃었다.

"혜경아!"

"응, 언니!"

"혜경아!"

"언니…."

"나는 아무 잘못 없어. 사는 게 무섭고…."

언니는 말을 잇지 못했다. 숨을 크게 내쉰 뒤, 겨우 말했다.

"서글퍼…."

"언니…."

나는 "언니"라는 말을 언거푸 세 번 할 뿐이었다. 첫 번째는 내가 여기 있다는 뜻이었고, 두 번째는 언니를 안심시키려는 뜻이었고, 세 번째는 '나도 무섭고 서글퍼'라는 뜻이었다. 그러나 나는 끝내 "언니는 아무 잘못 없어."라는 말을 하지 못했다. 이 말을 하지 않은 게 곧바로 후회가 되었다. 하지만 그 당시 나는 언니 편에 선다는 것이 자신 없었다. 아빠에게 맞서는 것은 더 두려웠다. 무엇이 옳은지도 몰랐다.

며칠 뒤 언니는 깨어나지 못했다. 어쩌면 죽음 속으로 도망친 것 같았다. 죽음을 통해서만 살 수 있다고 믿은 듯, 힘없이 생을 놓아 버렸다. 살아남았다면 어디에 죄를 물어야 할지 몰라 자신을 벌했을 언니였다. 언니가 죽고 나서야 나는 속으로만 외쳤다.

'언니는 아무 잘못이 없어!'

언니의 죽음과 함께 드러난 사실은 또 한 번 나를 무너뜨렸다. 아빠는 그때 이미 엄마가 아닌 다른 여자를 품고 있었다. 학교 선생님이었던 아빠는 같은 학교의 젊은 여교사와 오래전부터 관계를 이어 왔다. 그들은 '사랑'이라 부르겠지만, 우리 가족에게는 추잡한 욕정의 산물이었다. 도덕과 양심 사이에서 흔들렸던 아빠는, 그래서 더 언니에게 자신을 투사했는지도 모른다. 자신을 자책하듯 언니를 질책하고, 끝내 사지로 몰아갔다.

하지만 아빠는 언니를 제물처럼 올려놓고 비겁하게 자신은 살아남았다. 남아 있던 엄마와 나를 버리고 미련 없이 떠났다. 아빠는 서울에서 약간 떨어진 인근 도시의 학교로 이미 전근 발령을 받아 놓았다. 그곳에 비밀스런 집도 마련했다. 치밀하게 짜인 시나리오였다. 자신들은 사랑을 위한 용기와 도전이라 여겼겠지. 내게는 비겁한 도피였다.

그는 또 한 명의 아내를 얻었고, 엄마는 딸과 남편을, 나는 언니와 아빠를 동시에 잃었다. 아빠는 허울 좋게 '자신을 벌한다'는 말도 안 되는 궤변을 늘어놓고는 트렁크 하나 들고 나갔다. 그저 인생 중반기에 마음에 맞는 여자를 만났다는 기쁨이 '죄'라고 말했다. 애초에 엄마와는 '사랑'을 모르고 시작했다고도 했다. '혼자 행복해서 미안하다'는 앞뒤가 맞지 않는 말만 남겼다. 그만의 논리에 수긍할 수밖에 없어, 엄마와 나는 아무 말도 하지 못한 채 그의 뒷모습만

안녕, 홍이

바라보고 있었다.

인간에게는 타인을 죄인으로 만들어야만 자기 존재의 정당성이 확보되는 정죄 심리가 있다. 어쩌면 아빠는 자신을 정죄하는 도구로 딸을 내세워 놓고, 결국 딸을 잃은 허망함으로 '대가를 치렀다'고 스스로 생각했을지도 모른다. 결국 언니는 아빠의 괴로움을 없애 줄 희생양이었을지도. 나는 아빠가 사랑과 행복이 무엇인지 이해할 능력이 없는 사람이라고 생각했다. 그렇게 생각하면 속이 편했다.

어릴 때 아빠는 가정의 규칙이자 법이었다. 일요일이면 새벽 다섯 시에 일어나 나와 언니를 깨웠다. 자식은 집안일을 돕는 일꾼이었다. 가장 값싼 노동 가치로 움직이는, 다루기 쉬운 노예. 엄마는 아빠 그늘 속에서 숨을 죽이며 사는 중간 계급자였다.

엄마는 일요일이면 일주일 중 가장 맛나고 영양가 있는 밥을 만들어야 했다. 평일도 마찬가지였다. 한 번 나온 반찬은 다시 얼굴을 내밀 수 없었다. 아빠는 입맛에 맞지 않으면 밥상을 통쾌하게 엎었다. 반찬의 잔해가 방바닥에 흩어졌다. 내가 할 일은 그 밥알과 반찬을 쓰레기통에 담고, 아무 일도 없었다는 듯 하루를 정리하는 것이었다.

일요일이면 우리 자매는 유리창을 닦고 골목길 집 앞을 쓸었다. 아빠는 가족에게 위엄을 주입시키고, 이웃에게 견실한 가족임을 과시하고 싶어 했다. 이웃의 칭찬은 그의 인정 욕구를 채우는 먹거리였다. 나는 잠이 부족한 채 반쯤 뜬 눈으로 일요일을 버텼다. 아침을 먹지 않은 아빠 덕분에 가족 모두가 강제 다이어트를 했다.

아빠는 가장 깨끗한 옷을 입고 교회를 다녀온 뒤, 오후에는 지시한 분량을 다 마쳤는지 일일이 검토했다. 다 끝내지 못하면 다시 해야 했다. 가장 큰 고역은, 가족 노동자들이 죄책감을 갖도록 이어지는 '일장 연설'이었다. 학교에서 학생주임이었던 아빠는 집에서도 그 역할을 수행했다. 자신이 가장 정직하고 올바르며 현명하다고 자부했다.

그나마 2주에 한 번, 금요일에 아빠는 집에 들어오지 않았다. 교사 연수나 동료 부모님 장례식 때문이라고 했다. 나중에야 알았다. 그 여자의 집에서 그들만의 시간을 보내기 위해서였다는 것을. 그것은 아빠가 우리에게 준 휴가였다.

끝내 살아야 하는 사람은 거의 모든 다가오는 삶의 형태를 견딜 수 있다. 나는 시간이 흐르며 아빠를 이해하려 애썼다. 그 과정에서 심리학 공부도 한몫 했다. 정신분석학적으로 아빠에게 유년기의 트라우마가 있었을 거라 짐작했다. 어릴 때부터 큰형의 폭력이 있었다는 이야기를 얼핏 들은 적이 있다. 어쩌면 그 폭력의 잔상이 가정으로 투사되었는지도 모른다. 게다가 '딸만 둘 낳은' 엄마에게도 약점은 또아리를 틀었다. 딸 낳은 죄의식, 사랑받지 못한 여자의 혐오감. 엄마라는 여자는 자신이나 타인에게 끊임없이 용서를 구해야 했다.

그래도 세상은 조금 공평했다. 아빠가 새 삶을 찾아 떠난 뒤 좋은 점이 있었다. 더 이상 일요일에 일찍 일어나지 않아도 된다는 점이다. 내게 남은 유일한 보상은 교회에 발길을 끊고 '가나안' 성도가 되는 길이었다. 그런데 묘하게도 창조주의 존재는 더 깊이 심장 안으로 파고들었다. '신은 네가 불행하게 살기를 원치 않는다'는 단순한 토닥거림이 큰 위안이었다.

아빠가 집을 떠난 것은 어쩌면 가족에게 다행이었다. 엄마도 아빠의 폭력에서 처음으로 해방감을 맛본 듯 얼굴빛이 달라 보였다. 그래서 나는 아빠에 대해 미련이 없었다. 언니가 세상을 떠난 뒤, 아빠에 대한 분노도 애착도 함께 사라졌다.

다행히 준엄한 신 대신 우리에게는 천사가 있었다. 구라파에 사는 선하고 마음 넓은 최고의 천사, 똥례 이모였다. 아빠의 소식을 들은 똥례 이모는 우리 모녀의 구세주였다. 매달 엄마에게 생활비를 보내 주었다. 외할머니가 돌아가신 뒤에는 얼마간의 유산도 받아 경제적으로 큰 어려움은 없었다. 엄마는 버려진 여자가 아니라, 처음으로 자유를 얻은 여자였다.

언니를 잃은 내 상처는 충분한 애도의 시간도 갖지 못했다. 그러나 아버지의 굴레에서 벗어났다는 서늘함은 기분 좋았다. 엄마와 나는 각자의 자리에서 소리 없이 울다, 조금 안정이 되면 함께 밥을 먹었다. 그래야 살 수 있었다.

우리 모녀에게 고독은 공기처럼 깊숙이 들어앉았다. 겉으로는 평온했지만, 내게 '스위트 홈'의 꿈은 망상과도 같았다. 그럼에도 삶에 가슴 시린 오기가 생겼다. 죽은 언니는 의식 밑바닥에서 나와 엄마를 따라다니는 유령으로 '행복해져라'고 꾸준히 채근하는 듯했다.

서은수의 책은 내 오래 묵은 상처를 헤집고 들어왔다. 책 속 은수는 줄타기하는 광대처럼 줄 위에서 한 손에 부채를 들고 쉼 없이 중심을 잡는 사람 같았다. 덕분에 책을 읽어 내려갈수록 내 안이 조금씩 잠잠해졌다. 신기했다. 하이네가 위대한 비극 작품을 보고 나서는 눈물을 흘리는 대신 코를 풀어야 한다고 말했던 것처럼, 나는 화장지를 눈이 아닌 코에 갖다 댔다. 콧물이 나와 흥, 하고 풀었다. 오래 묵은 누런 콧물이었다.

그 모든 무의식의 트라우마가 뇌의 편도체에 머물렀다가, 서서히 빠져나가는 것 같았다. 해마가 다시 제 일을 시작했고, 아주 오래전 묻어 둔 기억들이 재생되었다. 그것은 현재의 기억이 아니라 선조들의 기억처럼 되살아나, 내가 살아가야 할 이유들을 다시 만들어 주었다. 시간이 흐르며 어두운 그림자는 빠른 속도로 희미해져 갔다.

어느새 은수의 소설 『안녕, 홍이』는 중반을 넘어가고 있었다.

1943년 7월, 초분골의 여름은 무척 더웠다. 찌는 더위만큼 일제의 횡포도 더 거세져 열대야처럼 사람들을 집어삼키고 눌렀다.

그날 홍이는 친구 순희와 빨래를 하러 마을 앞 냇가로 갔다. 둘은 깔깔거리며 빨래터에 앉았다. 빨래는 핑계였고, 친구와 수다를 나누는 시간이 더 좋았다.

그때 남자 둘이 소녀들 곁을 서성거렸다. 홍이는 그중 한 명이 동네 청년이라는 것을 알아챘다. 이름은 떠오르지 않았지만, 태구 오라버니의 동창이었다. 다른 한 명은 일본 순사였다. 순희가 재빨리 홍이의 손을 잡아끌었다.

"홍이야, 얼른 집에 가자!"

"나 빨래 마저 해야 되는데!"

"아, 얼른 가자니까. 그럼 나 먼저 간다!"

순희는 이미 저만치 달려가 버렸다. 홍이도 엉거주춤 빨래통을 이고 걸었다. 그런데 어느새 홍이 곁에 동네 청년이 바짝 붙어 섰다. 그는 갑자기 홍이 어깨에 손을 얹더니 고개를 확 잡아당겼다.

옆에 있던 순사가 잽싸게 홍이 앞을 가로막았다.

"이런 데서 더러운 걸레나 빨지 말고, 좋은 데 취직시켜 줄게!"

"저, 집에 가야 해요."

"그래, 그러자고. 같이 집으로 가자고."

"왜, 왜요?"

홍이는 당황한 나머지 말을 더듬거렸다. 순사가 홍이의 왼쪽 팔을 거칠게 붙잡았다. 뒤에서 따라오던 동네 청년이 일자리 이야기를 꺼냈다. 돈을 많이 벌 수 있다는 말이, 이상하게도 귀 한쪽을 파고들었다. 가난에 찌든 집이 싫긴 했다. 아버지는 폐병으로 앓아 누워 있었고, 어머니는 밤새 삯바느질을 하며 겨우 입에 풀칠을 했다. 남동생이 둘 있었지만, 바로 아래 동생은 다섯 살에 홍역으로 짧은 생을 마감했고, 막내는 1년 전 개천에서 목욕하다 물에 빠져 죽었다.

집안 사정이 이러니, 홍이는 얼른 커서 돈을 벌고 싶었다. 겨우 열다섯이었지만 세상을 먼저 알아버린 어른 같았다. 그러나 부모에게 유일하게 남은 자식도 홍이뿐이었다. 홍이는 고개를 저었다. 그러자 순사는 황국 신민은 일본제국을 위해 떠나야 한다고 윽박질렀다.

며칠 뒤, 순사를 따라나선 홍이는 자신이 어디로 가는지 알지 못했다. 어딘가로 가다 보면 길이 보일 거라 생각했다. 몇 주가 지났을까. 도착한 곳이 어디인지조차 알 수 없었다. 곧바로 감금 생활이 시작됐다. 화장을 시키고 일본 옷을 입혔다. 그제야 그곳이 일본군 막사라는 사실을 알게 되었다. 한 평도 안 되는 허름한 공간. 천장은 낮았다. 홍이는 벽 모서리에 웅크리고 앉아 두려움에 떨었다.

다른 막사에도 홍이 또래의 조선 여자들이 있었다. 댕기머리를 한 소녀도 있었고, 곱슬에 단발머리를 한 소녀는 더 나이가 들어 보였다. 그들 모두 고향을 등지고 이유도 모른 채 끌려온 모양이었다. 그곳은 홍이가 기대했던 '일하는 곳'이 아니었다.

방을 배정받고 멍하니 앉아 있는데, 일본군 한 명이 들어왔다. 홍이는 평생 한 번도 겪어 보지 못한 공포가, 죽음처럼 목덜미를 휘감는 것을 느꼈다.

"제발 살려 주세요!"

"이게, 걸레 같은 조센징!"

그는 처음엔 실실 웃더니 홍이의 뺨을 내리쳤다. 눈앞이 번쩍했다. 곧 온몸에 한기가 번졌다. 누군가 사지를 내리치는 듯한 섬뜩함과 칼날처럼 날카로운 통증이 한번에 밀려왔다. 문틈으로 밀려온 어둠은 아침이 되어도 끝나지 않았다. 자꾸 눈이 감겼고 잠이 들려 했다. 스르르 잠이 오려는 순간마다 또 다른 손이 몸을 아프게 눌렀다.

악몽을 꿨다. 눈앞에 숲이 펼쳐졌다. 숲을 향해 달렸다. 누군가 뒤에서 홍이 이름을 불렀다. 숲이 불타고, 홍이 몸에도 불이 옮겨 붙었다. 온몸이 타들어 가는 홍이는 재가 되어 가는 몸을 움켜쥐고 계속 달렸다. 달리는 동안 가루가 된 몸은 바람 속에 흩어졌다. 그리고 상공으로 날아가 회색빛 새가 되었다.

‘숲의 끝에는 빛이 있단다.’

누군가 말했지만, 달려도 달려도 빛은 보이지 않았다. 야만의 시간은 어둠을 사랑했다. 누군가 절규하듯 홍이 이름을 불렀다. 목소리를 찾아 돌아봐도 아무것도 보이지 않았다. 어머니, 아버지, 동생들, 고향, 달빛…. 어린 시절 동생들과 뛰어놀던 마당이 스쳤다. 옥수수를 먹으며 두런두런 웃던 날도, 타닥타닥 불 속에서 사그라졌다. 날아가던 새는 다시 땅으로 떨어져 재가 되었다. 바람에 한 줌의 재도 남지 않은 홍이의 영혼은 하늘의 손짓을 따라 훨훨 떠올랐다.

홍이에게 낮은 없었다. 언제가 낮이고 언제가 밤인지 알 수 없었다. 그저 해가 뜨면 다른 날이었다. 어느 날 누군가가 홍이 귀에 대고 속삭였다. 사막 한가운데서 부는 황량한 바람 소리 같았다.

‘불행이 결코 이기지 않는단다.’

그 말에 숨이 아주 조금 트였다. 제 의지가 아니라, 어딘가에 매달려 살아가는 느낌이었다.

어느 날은 군인들의 옷을 빨고 청소도 했다. 시키는 대로 하지 않으면 죽어야 했다. 야산에는 고통을 견디지 못한 소녀들의 주검이 아무렇지 않게 버려졌다. 채 깊이 묻히지 못한 채 늘어진 육체는 들

안녕, 홍이

짐승들이 파헤친 흔적으로 막사에서의 삶처럼 너덜너덜했다. 배부른 짐승들이 뱉어 놓은 남은 뼈들은 이곳저곳에 널브러져 있었다.

한이 맺힌 소녀들의 영혼이 막사 주변을 맴돌아 발정난 일본군을 후려친다는 소문도 돌았다. 그럴수록 복수심에 불탄 군인들이 막사를 더 거칠게 헤집고 들어왔다. 막사 안은 여자들의 냄새에 굶주린 병사들의 땀 냄새와 숨, 축축한 열기가 뒤섞였다.

태초에 신은 남자를 만들었다. 그런데 그의 외로움을 채워 주기 위해 여자를 만들었을까. 에덴은 사람과 동물을 구분하기 어려웠던 자연의 상태였다고들 말한다. 동물도 사람도 본능으로 살았을 것이다. 그곳에도 불평등이 있었을까. 강함과 연약함, 먼저와 나중에 창조된 자들 사이에 계급이 있었을까.

이브는 그 불평등의 실체를 알고 싶었던 것일까, 아니면 앎에 대한 욕구가 재앙을 불러와 아담의 지배와 출산의 고통을 감내해야 할 만큼 힘든 대가를 치르게 된 것일까.

에덴에서 추방된 그들은 '방황하고 유리한다'는 뜻의 에덴의 동쪽 놋 땅에서 절규했을 것이다. 일본군 막사에서 유리하는 여성들의 비명처럼.

시체처럼 널브러진 홍이는 두려움에 사로잡혔다. 처음으로 '여자로 태어난 것'에 대한 분노가 치밀었다. 살의를 느낀 것도 처음이었다. 타인을 향한 것이 아니라, 자신을 향한 적개심이었다. 홍이는 날카로운 것으로 손목을 그었다. 선홍빛 피가 흘렀다. 그리고 정신을 잃었다.

얼마나 시간이 흘렀을까. 알 수 없는 온기가 느껴졌다. 홍이는 천천히 눈을 떴다. 눈앞에 누군가 앉아 있었다.

"정신이 좀 들어?"

홍이가 화들짝 놀라 몸을 일으키려 하자, 부드러운 손이 어깨를 눌렀다.

"이름이 뭐니?"

"홍이요."

"이름도 얼굴처럼 참 곱네. 어쩌다 너도 이렇게…."

온화한 목소리를 듣자, 홍이는 저도 모르게 눈물을 뚝뚝 흘렸다.

"내가 널 먼저 발견하지 않았다면 어쩔 뻔했어?"

"죽게 내버려두지 그랬어요."

홍이가 다시 일어서려 하자, 여자는 또 눕혔다.

"홍이야, 난 정숙이라고 해."

"…"

"저들은 네가 죽어도 눈 하나 깜짝하지 않아. 죽으면 산등성이 어디쯤 던져 놓을 거고, 산짐승 먹이가 되겠지."

"이렇게 사느니 굶주린 동물의 먹이가 되는 게 나아요."

"죽는 건 신만의 영역이야."

"이렇게 사는 건 수치스러워요."

"살아. 그냥 살아. 네 잘못이 아니잖아. 살면 또 살아지는 거야."

안녕, 홍이

정숙은 예쁜 눈과 부드러운 머릿결을 가진 소녀가 피투성이 속에서 빛도 보지 못한 채 사그라드는 것이 안타깝고 슬펐다. 왜 소녀의 시간을 마음껏 누릴 수 없는지, 자꾸 시대가 야속했다.

정숙은 일본에서 공부하고 항일 운동까지 했던 신여성이었다. 검은 눈에 깃든 그늘은 피곤해서가 아니라 삶의 진지함에서 오는 그림자 같았다. 정숙은 고향 마을에 갔다가 붙잡혀 왔다. 다행인지 불행인지 정숙은 일본말을 잘했다. 그 덕분에 일본 장교의 눈에 들어 사무 일을 보며 강제로 장교의 '애인'이 되었다.

정숙은 두툼한 책을 몰래 꺼내 읽곤 했다. 나중에야 그 책이 성경이라는 것을 알게 되었다. 정숙은 남몰래 끌려온 조선인 소녀들을 챙기고, 몸 상태를 살폈다.

"그거 알아? 우리들은 모두 사마리아 여인이야."

"그게 누구예요?"

"중요한 건, 그 여인도 고귀한 인간이라는 거지. 사랑받을 존재."

"사랑받을 존재…."

"신은 우리 안에 있는 게 아니라, 너와 나 사이에 있는지도 몰라."

"…"

"홍이야, 견디고 살아서 고향으로 돌아가."

홍이는 '견디다'라는 단어가 더 견디기 힘들었다. 견디고 살아남아도 어둠의 터널은 끝나지 않을 것이기에. 살아도 지옥 같은 삶이 이어질 것 같았다.

홍이는 정숙의 따스함이 좋았다. 정숙 곁에 있으면 어린 시절로 돌아간 듯했다. 정숙은 세계 역사에도 해박했고, 가끔 자신이 쓴 시를 들려주곤 했다. 무엇보다 고마운 것은, 일본 장교에게 부탁해 홍이가 더 이상 막사의 남자들을 상대하지 않도록 해 준 일이었다. 홍이는 그곳 여성들의 몸을 돌보는 역할을 맡게 되었다. 말하자면 간호사였다. 성병 관련 조치도 홍이의 일이었다.

성병에 걸리면 여자들은 606호 주사를 맞았다. 주사는 뜨겁고 아팠고, 모두가 이를 두려워했다. 홍이는 그들을 정성으로 돌보았다. 그 주사가 매독과 회귀열에 효과가 있다는 것, 그러나 때로는 여성들의 몸에 돌이킬 수 없는 흔적을 남길 수 있다는 사실은 나중에야 알았다.

얼마 뒤 장교를 따라 다른 곳으로 이동하게 된 정숙은 홍이를 데려가기로 결심했다.

"요즘 일본군 상황이 심상치 않아. 전쟁이 끝날지도 몰라."

"그럼… 우린 어떻게 되는 거예요?"

"죽이거나 버리거나 하겠지. 그놈들은 증거를 남기고 싶지 않을 테니."

"아….."

"전쟁이 끝나면 고향으로 돌아가. 나는 남아서… 여기서 할 일이 있어."

정숙은 전쟁의 끝물, 어수선한 틈을 타 홍이의 도주를 도왔다. 홍이는 정숙에게 같이 도망가자고 매달렸지만, 정숙은 고개를 저었다. 중얼거리듯, 아니 자기 자신에게 들려주듯 말했다.

"인생을 처음부터 다시 시작할 수만 있다면 좋으련만."

정숙은 여기가 세상의 끝이 아니라면 언젠가 만날 수도 있다며 말끝을 흐렸다. 결국 홍이는 홀로 고향으로 돌아왔다.

1945년, 항복 조인식이 열리고 깃대에서 일장기가 내려갔다. 그리고 그 자리에 미국의 성조기가 올라갔다. 누군가는 사라졌지만, 다른 누군가가 그 자리에 슬며시 들어왔다. 너무 오래 사슬에 묶여 있던 민초들은 풀려났어도 무엇을 해야 할지 몰랐다. 그럼에도 제국의 압제가 끝났다는 환호가 곳곳에서 터졌다.

일제의 비호를 받던 지주 밑에서 소리를 내지 못했던 사람들은 자기 땅을 찾고자 했다. 누군가는 분노했고, 누군가는 겁을 냈다. 앞잡이 노릇을 하며 호의호식하던 자들은 다른 옷으로 갈아입고는 제 목숨 챙기기에 바빴다.

가해자는 어디론가 사라졌고, 남겨진 자리에는 상처가 곪아 있었다. 해방의 희망은 곧바로 또 다른 절망의 씨앗이 되었다. 온전한 독립은 애초에 없었다는 듯이, 외세의 그림자가 다시 길게 드리웠다. 사람들은 눈만 멀뚱멀뚱 뜬 채, 바뀐 하늘을 올려다보았다.

고향 초분골은 크게 변하지 않았다. 바다가 지척이라, 고기 낚다 죽은 사람도 많았다. 일제가 초분을 금지했지만, 풍습은 암암리에 남아 있었다. 초분은 주검을 바로 땅에 묻지 않고 겨울 동안 돌이나 통나무 위에 관을 얹고 이엉으로 덮어 두는 무덤. 몇 해가 지나 살이 썩어 사라지면 뼈만 골라 씻어 다시 묻는 방식이다. 사람들은 그렇게 망자를 기억하고, 살아 있는 날을 견뎌냈는지도 모른다. 남도에만 남아 있던 의식은, 없애려 해도 어김없이 이어졌다.

사람들은 여전히 태어났고, 또 죽었다. 어린 나이에 죽은 아이들은 돌무더기를 쌓아 무덤을 만들었다. 봄이면 그 옆으로 개나리와 진달래가 지천이었다. 생로병사는 무너진 삶의 일부였고, 그 안에서 희망이 싹틀 여력은 많지 않았다.

동네 사람들은 각자의 고통에 치여, 홍이가 살아 돌아온 것에는 관심이 없었다. 홍이로서는 다행이었다. 마을 사람들은 그저 일본에 가 돈을 벌고 돌아왔다고만 알았다. 그사이 일찍 시집을 간 순희조차 홍이가 돈을 벌기 위해 '자발적으로' 떠났다고 믿었다. 홍이가 그 시간을 견디는 동안, 가족의 삶도 마찬가지로 무너져 있었다. 병환 중이던 아버지는 고통 속에 생을 마감했고, 어머니도 건강이 좋지 않았다.

홍이는 고향에 돌아온 뒤 밤마다 환청에 시달렸다. 귀밑으로 바람을 타고 아리랑 음률이 들려왔다. 막사의 소녀들이 서로 들키지 않게, 아주 조용히 읊조리던 노래였다. 서글픈 목소리로 흐밍거리면 달빛이 고향 쪽으로 길을 내어주는 것 같았다.

     안녕, 홍이

시간이 갈수록 그 소녀들의 얼굴은 더 선명해졌다. 홍이는 자꾸 눈물이 났다. 전장의 포화 속에서 바람처럼 사라졌을 수도, 살아남았더라도 삶이 아닐 것을 알기에. 인생의 길이 막힌 절망, 가난한 집 딸이라는 설움, 패망한 나라에 태어났다는 자괴감이 한꺼번에 치밀어 올랐다.

고향에 돌아왔어도 홍이의 마음은 그곳에 멈춰 있었다. 몸과 마음은 아파 짓물렀고, 통증은 갈수록 커졌다. 망가진 몸보다 무너진 마음이 더 견디기 힘들었다. 초록빛 자연만이 "괜찮아."라고 속삭이는 듯했지만, 그 위로 위에도 잿빛 하늘이 천천히 내려앉았다.

홍이는 결심한 듯 마른침을 꿀꺽 삼켰다. 메마른 바람이 홍이를 감쌌다. 동트기 전 시간은 목숨을 내놓기에 적당했다. 마을 누군가가 이내 시신을 거둘 것이다. 아직 부패하기 전인 상태로 무덤에 누일 수도 있다. 아니면 어린아이들의 죽음처럼 돌무더기 속에 묻혀도 감지덕지였다.

홀로 남을 어머니가 염려되었지만, 살아 있어도 어머니에게 짐만 될 것 같았다. 홍이는 미리 준비한 끈을 소매 옷섶에 숨겼다. 잠시 후면 세상의 끝에 서게 될 것이다. 홍이는 천천히 산을 올랐다.

바람이 불어 나뭇잎이 우수수 쏟아졌다. 사방으로 뻗은 나무 그림자가 긴 칼을 찬 왜놈들 같았다. 등줄기에 소름이 돋았다. 기억하고 싶지 않은 시간 이전으로 돌아가고 싶었다. 홍이의 아픔

은 홍이만의 것이 아니었다. 그들에 의해 부정당했던 여자의 길
이었다.

홍이는 '운이 없어서', '팔자가 세서' 이런 인생을 얻었다고 믿었
다. 그 믿음은 더 잔인했다. 홍이는 마음의 무덤 속에 자신을 스스
로 묻어버렸다. 깊은 눈 속에 비석 하나가 보였다. 홍이가 아닌, 일
본군이 불렀던 이름— '레이코'가 새겨져 있었다. 홍이는 비석 위
눈을 손으로 밀어내며, 누군가의 얼굴을 더듬듯 조심스럽게 글자
를 어루만졌다.

'엘리 엘리 라마 사박다니.'
(나의 하나님, 나의 하나님, 어찌하여 나를 버리시나이까.)

홍이의 숨이 가늘게 떨렸다. 죽음을 끌어당기는 어둠이 코끝에
걸려 있었다. 이 호흡이 사라지면 홍이는 숲을 지나 다른 세계로 발
을 디딜 것이다. 새벽별이 동쪽에 걸려 있었다. 밤새 울어 더는 눈
물도 나오지 않았다. 홍이는 십자가에 달린 예수의 마지막 음성을
떠올렸다. 할수만 있다면 성경의 예수처럼, 삼일 만에 다시 일어나
고 싶었다.

'엘리 엘리 라마 사박다니.'

정숙이 말해 준 사마리아 여인이 떠올랐다. 다섯 명의 남자를 알
았던 여자. 살기 위해 물을 길으러 간 여자. 예수는 이미 그 여인을

알아보았다. 소망을 잃은 채 물동이를 이고 온 여자. 그 여자가 홍이 자신 같았다. 홍이는 죽음을 치르고 새로운 몸으로 태어난다면 바랄 것이 없다고, 잠시 믿고 싶었다.

어딘가에서 바람 소리가 났다. 얼핏 어린 날 동생들의 재잘거림 같았다. 풀숲 사이로 숨은 풀벌레 소리도 들려왔다. 산 아래로 푸른 들판이 둘러싼 마을이 보였다. 홍이가 태어나고 자란 마을은 그대로였다.

그때였다. 고통스러운 기억이 망치로 머리를 내리치듯 밀려왔다. 뿔난 짐승이 홍이를 집어삼킬 듯 덤벼들었다. 어느새 짐승은 술 취한 일본군의 모습으로 둔갑했다가 제 모습으로 돌아왔다. 그러고는 홍이의 육체를 거꾸로 대롱대롱 들어 올려 비웃더니 이내 바닥으로 내동댕이쳤다.

"죽어라, 죽어! 용기가 없으니 못 죽지. 살아봐야 뭐 해. 네 몸뚱아리는 발기발기 찢긴 고깃덩어리일 뿐인데. 나에게 와. 얼른! 죽음으로 증명해 보라고."

짐승은 시뻘건 눈동자를 굴리며 홍이를 몰아붙였다.

"넌 이미 죽었어야 했어. 순진한 척하지 말고 네 마음을 들여다봐! 너, 이렇게라도 비굴하게 살고 싶은 거지?"

악, 그런데 목소리가 나오지 않았다.

"겁먹지 마. 그곳 여자들처럼 내가 좋은 데로 데려가 줄게."

짐승이 홍이의 목덜미를 낚아채듯 잡아당겼다. 꺼억, 숨이 막혔다. 공기가 목구멍 언저리에서 걸려 헉헉거렸다. 홍이는 짐승을 감당할 재간이 없었다. 손끝은 허공을 더듬었고, 가슴속에는 오래 묵은 슬픔이 번져 갔다. 부질없는 몸짓들이 공허만 키웠다. 숲은 조용히, 그러나 끝까지 홍이를 삼켰다.

그 시각 조태구는 고향 초분골에 돌아왔지만 마음 한 켠이 허전했다. 온종일 혼이 나간 사람처럼 허공을 헤맸다. 그날도 밤새 뒤척이다 가위에 눌린 듯 소스라쳤다. 기분 나쁜 기운이 방바닥에서부터 기어 올라왔다. 그는 일어나 벽에 등을 기대고 이마의 땀을 훔쳤다. 새벽 동이 트려면 아직 멀었다. 허무함이 방 안을 가득 채웠다.

며칠 전, 홍이가 매몰차게 손을 뿌리치던 장면이 떠올랐다. 태구를 외면하는 홍이의 눈빛이 강경했다.

불현듯 몇 년 전 일이 어른거렸다. 그는 홍이에게 청혼하려던 참이었다. 새끼손가락이라도 걸어 약속을 받고 싶었다. 마음의 표시로 오랜 고민 끝에 옥비녀를 골랐다. 윗부분만 도금된 푸른 옥비녀가 나을지, 온전히 옥으로 된 흰 비녀가 나을지 고르는 일조차 설렜다.

무더운 여름, 읍내 제재소의 벌목 공사도 끝나 수중에 얼마간의 돈이 있었다. 옥비녀를 사러 시장통을 돌던 날, 읍사무소에 다니는 오랜 친구를 만났다.

"어이, 태구. 좋은 일자리 있는데… 가 볼 텐가?"

안녕, 홍이

'일자리'라는 말에 귀가 솔깃했다. 태구는 홍이와 결혼해 언젠가 고향을 떠나고 싶었다. 이 시골에서 농사만 지어서는 미래가 없다고 생각했다. 지금 숨 막히게 사느니, 어딘가로 가 돈을 벌어오는 편이 낫지 않을까.

다음 날, 친구는 일본 순사와 함께 찾아왔다. 막상 떠난다 생각하니 마음이 덜컥 내려앉았다. 연로한 부모를 두고 타국으로 가는 것이 걸렸다. 태구가 망설이자 순사는 "강제 징용 대상"이라며 윽박질렀다. 분통이 터졌다. 움츠렸던 마음이 쭈뼛, 위로 솟구쳤다. 고민 끝에 떠나기로 결심한 태구에게 자꾸 한 이름이 입안에서 굴렀다. 홍이.

어린 시절부터 태구는 홍이를 마음에 두었다. 산딸기를 따러 갈 때도, 두릅을 꺾으러 갈 때도 홍이 곁을 맴돌았다. 빨래터에 앉아 나무 위에 올라가, 모르는 척 곁눈질하던 날도 있었다.

'난 커서 홍이랑 혼인할 거야.'

어느덧 소년이 되어 아침마다 아랫도리가 묵직해질수록 홍이가 더 간절했다. 홍이는 조금씩 여인의 모습이 되어 갔다. 반짝반짝 검은 머리와 붉은 뺨의 홍이가 그리운 날이면, 태구는 야밤에 동네 앞을 질주해 칠성목 앞에 멈추곤 했다. 그러다 보면 달아오른 마음이 가라앉았다.

달빛이 환하게 비추던 어느 밤, 홍이에게 고백하리라 다짐했다. 홍이도 마냥 싫어하는 눈치는 아니었다. 태구는 숨이 멎을 듯한 홍이 자태에 넋을 잃을 뻔했다. 태구는 자신도 모르게 홍이 머리카락을 살포시 쓰다듬었다. 홍이에게서 달꽃 향이 났다.

"가만 있어 봐. 머리카락에 뭐 묻었잖아."

홍이는 장난스럽게 태구 손을 잡아 빼고는 사랑스럽게 몸을 돌려 달아났다. 태구는 홍이의 뒷모습을 홀린 듯 바라보았다. 마음에 빛이 깃들고, 그 안에서 애정이 비 온 뒤의 부추처럼 자라는 것을 느꼈다. 금방이라도 터질 듯한 홍이의 뺨이 손끝에 스치는 듯했다. 그날 밤, 홍이의 뺨을 만져 보지 못한 아쉬움이 태구를 괴롭혔다. 조만간 청혼해야겠다고 생각했다.

태구는 떠나기 전날 밤, 품 안에 감춰 두었던 옥비녀를 창호지에 싸서 장독대 뒤켠에 묻어 두었다. 달빛 아래 밤이슬에 물든 나뭇잎이 영롱하게 빛났고, 나무들은 온몸으로 웃고 있는 것 같았다. 자연이 태구와 홍이의 미래를 축복하는 듯해 기분이 좋았다.

'안녕, 나의 홍이.'

일본으로 향하는 뱃고동 소리가 울려 퍼졌다. 태구의 마음은 희망으로 부풀었다. 돌아오면 아버지에게 논과 밭을 사 드리고, 홍이와 혼인하리라 다짐했다. 다만 급히 떠나느라 홍이에게 '기다려 달라'는 말을 못 한 것이 내내 후회되고 한스러웠다.

태구가 도착한 곳은 군수 물자를 만드는 공장이었다. 직원이라지만 노예나 다름없었다. 농사일에 단련된 몸이었지만, 그곳은 생각 이상으로 혹독했다. 도망치고 싶어도 밤낮으로 감시해 무모한

      안녕, 홍이

행동은 할 수 없었다. 한창 먹을 나이에 늘 허기졌다. 식민지에서 온 노예에게 풍족한 먹거리를 줄 리 없었다.

조선에서 온 동료 한 명은 배가 고파 풀을 뜯어 먹다가 독미나리 중독이 퍼져 목숨을 잃었다. 공포에 질려 오히려 고통에서 벗어나고 싶다며 혀를 깨무는 이도 있었다. 일을 조금이라도 더디 하면 심한 매질이 이어졌고, 하루 17시간 이상 일해야 했다. 오늘 해야 할 일을 다 못 하면 작업장에서 나오지 못했다. 삯은 형식적인 것일 뿐, 굶주린 배를 채우기 힘들 정도였다.

건장했던 태구의 어깨는 야위고 앙상하게 시들어 갔다. 일을 더디게 할 때마다 맞은 채찍 자국이 어깨에 문신처럼 새겨졌다. 그럼에도 태구는 떠오르는 얼굴 때문에 고통을 견뎠다. 어슴푸레 달빛이 비추는 밤이면 고향이 떠올랐다. 눈물 젖은 부모와 홍이 얼굴이 겹쳐 올랐다.

계절이 여러 번 바뀌었다. 태구의 몸도 화분 속 말라버린 식물처럼 시들해졌다. 하지만 그렇게 삶이 시궁창 같아도 희망의 끈을 놓지 않았고, 마침내 해방을 맞았다. 손에 쥔 돈은 얼마 되지 않았다. 곧바로 고향으로 돌아가고 싶진 않았다. 돈을 더 벌고 싶었다. 일본 땅에서 조선인이 살기에는 척박했지만, 고향 사정도 크게 다르지 않을 것 같았다. 태구는 악착같이 일했고, 몇 년 뒤 마침내 고국으로 돌아왔다. 홍이가 여전히 고운 모습으로 기다려 주기를 밤마다 달빛을 향해 간절히 빌었다.

고향 마을은 여전히 식민의 잔재가 가득했고, 가난의 저주는 기세등등했다. 일제강점기 부역꾼들은 새로운 주인으로 등장한 미군 밑에서 살아남으려 애썼다. 살길을 찾아 굶주린 하이에나처럼 눈을 벌겋게 뜨고 돌아다녔다.

마을 사람들은 태구가 돌아오자 안도하면서도 내심 부러워했다. 많은 젊은이들이 징용에서 돌아오지 못했기 때문이다. 5년 만에 돌아온 태구를 반기는 가족은 병상에 누운 아버지뿐이었다. 하지만 남겨진 아버지도 몇 달 뒤 숨을 거뒀다. 태구는 '임종을 지켰다'는 사실로 위안을 삼아야 했다.

태구는 모든 것이 혼란스러웠다. 이제 남은 건 홍이뿐이었다. 여태 태구를 살게 한 것도 홍이였다. 삶의 무게를 지탱해 줄 버팀목. 태구는 홍이를 만나야 한다고 생각했다.

홍이네 집으로 향하는 길은 적막했다. 홍이가 밖으로 나올지도 몰라 담벼락에 잠시 멈춰섰다. 그때, 마당에서 홍이 어머니의 한숨 섞인 목소리가 들려왔다.

"홍이 아버지만 건강하게 살아 있어도 거기에는 안 보내는 건데…."

태구는 나중에서야 홍이 또한 타국으로 돈을 벌러 갔다는 이야기를 들었다. 다행히 살아 돌아왔다는 사실이 운명처럼 느껴졌다. 그는 용기를 내 마당으로 들어섰다.

"아이고, 태구 왔구먼. 타지에서 돌아오자마자 아버지도 돌아가

안녕, 홍이

시고.”

“네….”

“얼굴이 많이 상했네. 쯧쯧.”

“홍이는요?”

태구는 굳게 잠긴 방문을 바라보며 말했다.

“홍이야.”

방을 향해 부르는 홍이 어머니 목소리에는 힘이 없었다. 홍이 어머니는 태구 손을 이끌고 부엌 쪽으로 갔다.

“이보게, 태구. 우리 딸 좀 잘 부탁해. 나도 몸이 좋지 않으니….”

“아주머니, 염려 마세요. 제가 홍이 곁에 있을게요.”

“고맙구나. 태구가 있으니 죽어도 여한이 없네.”

그때 방 안에서 희미한 울음소리가 들렸다. 태구는 조용히 방문 앞 마루에 걸터앉았다.

“홍이야!”

가만히 불러 보았다. 방 안에서 울음이 뚝 그쳤다.

“홍이! 문 좀 열어 봐.”

태구는 조심스레 문고리를 잡아당겼다. 삐걱거리는 소리가 요란했다. 홍이는 이불을 뒤집어쓴 채 훌쩍이고 있었다. 인기척이 들리자, 이불을 빼꼼히 젖히고 태구를 보았다. 토끼 같은 모습에 태구는 가슴이 콩닥거렸다.

“홍이, 무슨 일 있어? 나 오라비야.”

"태구 오라버니, 전 할 말이 없어요."

"벌써 나를 잊은 건 아니겠지?"

"…."

"내가 너무 늦게 온 거야?"

별안간 홍이는 일어나 문을 박차고 뛰쳐나갔다. 태구는 멍하니 홍이의 뒷모습만 바라보았다. 홍이에게 무언가 변화가 생긴 것이 분명했다.

이상하게 가슴이 답답했다. 속이 숯덩이처럼 새까매졌다. 태구는 홍이가 돌아오길 기다리다 터벅터벅 집으로 돌아왔다.

다음 날 새벽, 태구는 가슴에 알 수 없는 통증을 느꼈다. 창호지 사이로 가느다란 바람이 스며들었다. 밤새 뒤척이다 새벽녘에야 잠이 들었고, 꿈을 꾸었다. 고국으로 향하는 배를 타려던 중, 항구에 묶인 밧줄이 갑자기 끊어졌다. 저 멀리서 홍이가 손수건을 흔들며 잘 가라고 손짓했다.

꿈에서 깬 태구는 울적해졌다. 문을 열고 밖으로 나왔다. 동이 트려면 아직 멀었다. 태구는 자신도 모르게 숲을 향했다. 뿌옇고 질척한 안개가 눈앞을 가렸다. 숲속 우듬지는 서로의 살을 기대어 살아가는데, 태구는 바람 옆에 무참히 서 있었다. 스산한 바람이 코끝에 닿았다. 순간 중심을 잃고 나무뿌리에 걸려 넘어졌다. 바지를 털고 일어섰지만, 몸이 납처럼 무거웠다. 땅의 기운이 온몸의 힘을 빼앗아 가는 듯했다. 그런데도 그는 어떤 이끌림에 따라 숲을

안녕, 홍이

향해 걸어 들어갔다. 바람의 방향이 손을 잡아끄는 것 같았다.

그때 멀리서 희미한 그림자가 보였다. 하늘이 찢어지듯 비가 쏟아졌다. 숲 한가운데 누군가 물을 퍼붓는 듯했다. 잠깐 나무 아래 비를 피하려고 그곳을 향해 뛰었다. 그때 눈앞에 물체가 턱하니 다가왔다. 사람의 형체였다. 아니, 사람 같기도 하고 얇은 천 조각 같기도 했다.

비가 내리는데도 그 물체 주변으로 새들이 환한 원을 그리며 모여들다가 다시 하늘로 올라가고 있었다. 갑자기 가슴이 조여 왔다. 피가 끓어올랐다. 그는 손에 잡히는 대로 움켜쥐었다.

하얀 고무신. 분명 사람의 다리였다. 나무에 매달린 여자였다. 다행히 손이 닿았다. 태구는 몸을 끌어안아 품으로 거둬들였다. 한 마리 작은 새. 태구는 새에게 입을 맞추고 자신의 호흡을 불어넣었다.

잠시 후 여린 새는 거친 숨을 내쉬었다. 연약한 새는 태구의 몸 안에서 재처럼 흩어졌다. 서늘하고 연약한 몸에 따뜻한 피가 도는 듯했다. 태구의 품 안에서 퍼덕이던 새는 어느새 홍이 모습이 되어 있었다.

태구는 홍이의 보드라운 입에 다시 숨을 있는 힘껏 불어넣었다. 심장이 뛰고 온몸의 세포가 조여왔다. 처음 경험하는 세계였다. 홍이의 입술이 닿자, 순간 아찔했다.

"후—."

홍이의 입에서 깊은 숨이 터져 나왔다. 핏기 없던 얼굴에 다시 빨간 꽃이 피었다.

"홍이!"

태구의 외침은 절규에 가까웠다. 전날 오후 매몰차게 태구를 남겨 두고 달아났던 홍이였다. 이제 홍이는 태구 품 안에서 가쁜 숨을 몰아쉬고 있었다. 태구는 할 수만 있다면 이대로 홍이를 안고 멀리 달아나고 싶었다. 방금 전까지 죽음이 가득하던 홍이의 몸에 생명의 기운이 차오르고 있었다.

태구는 홍이를 한 번 더 꼭 끌어안았다. 눈을 살포시 뜬 홍이는 태구를 보고는 몸을 빼려 했다.

"대체, 홍이, 왜 이런 험악한 일을 한단 말이야?"

"죽는 게 나아요."

"살아야지. 살면 살아진다고."

태구는 홍이를 안은 채 중얼거렸다. 순간 홍이는 막사에서 만났던 정숙 언니가 떠올랐다. 그녀도 똑같은 말을 했었다.

홍이는 태구의 눈길이 어색했는지 몸을 일으키려 했지만, 힘이 풀려 스르르 주저앉았다. 태구는 홍이에게서 말 못 할 고통이 느껴졌다. 그러나 이제 '우리'라는 고리로 연결된 것 같았다. 자신이 지금까지 살아온 이유를 알 것 같았다.

태구는 홍이의 다문 입술에 자신의 입술을 포갰다. 그들 사이로 수만 년 전부터 이어져 온 인연의 시간이 파노라마처럼 흘렀다. 세상의 온갖 빛이 태구의 두개골을 파고들었다. 소리를 내지 않으려 악물었지만, 휘파람 같은 신음이 새어 나왔다. 홍이의 몸이 움찔했다. 태구는 홍이가 뿌리칠까 봐 한 손으로 홍이의 어깨를 부드럽게 감싸안았다.

그는 홍이의 눈을 지그시 바라보았다. 홍이의 심장도 태구의 것과 박자를 맞췄다. 홍이는 살며시 눈을 감았다. 두 사람의 얼굴은 점점 가까워졌다. 도달하기 전의 고요하고 엄숙한 의식이 그들 머리 위에 걸렸다. 달꽃 향이 새벽하늘로 피어올랐다.

머리 꼭대기부터 발끝까지 길고도 가벼운 감촉. 전율은 그 어느 때보다 감미로웠다. 겹쳐진 호흡 사이로 물이 흐르고 시간도 건너갔다. 둘은 잠시 침묵한 채 서로의 눈을 응시했다. 풀잎의 이슬도, 아침을 깨우는 새들도 숨을 삼키며 그들을 지켜보는 듯했다. 두 사람은 그 안에서 부활했다.

홍이가 살아난 것은 천운이었다. 조금만 늦었어도 이미 이승 사람이 아니었을 것이다. 태구가 홍이를 살렸지만, 반대로 홍이도 태구를 살렸다. 마을의 누구도 그 새벽의 일을 몰랐다. 숲속의 새와 바람 소리만이 목격자였다. 어쩌면 산비탈 바로 아래 나주댁의 개와 수탉은 알고 있었는지도 모른다.

며칠 후 태구와 홍이는 칠성목 아래에서 만났다. 가지가 일곱 갈래로 뻗은 나무는 삶의 여러 모양을 닮아 있었다. 마을을 지켜준다는 칠성목은 그들의 성장 과정을 한결같이 지켜본 나무였다. 어릴 때부터 홍이는 친구들과 그 아래에서 놀곤 했다. 나무는 표정 하나 바꾸지 않은 채 늘 그 자리에 있었다. 태구는 그 나무 아래에서 맹세하면 어떤 운명도 둘을 갈라놓지 못하리라 믿었다.

"목숨을 함부로 버리면 신이 노한다. 다시는 그러지 마!"

"오라버니, 삶이 무서워요."

"걱정 마. 이제 내가 지켜 줄 테니까. 나, 이래 봬도 그 험한 왜놈들 땅에서 살아남은 남자라고."

"알아요. 오라버니는 누구보다 용기 있는 남자잖아요."

"홍이, 나에게 시집 와!"

"…."

태구는 품에 지니고 다니던 옥비녀를 꺼내 들었다.

"이거, 내가 홍이에게 주려고 오래전에 샀어. 타향살이 내내 홍이 생각뿐이었어."

"그 귀한 옥비녀 아니에요? 전 이거 받을 자격 없어요."

홍이는 태구에게 자신이 겪었던 일을 솔직히 말해야 할 것 같았다. 태구는 "쉿!" 하며 홍이 입술에 손가락을 댔다. 홍이는 태구의 손을 떼어 내고, 천천히 지나온 시간을 털어놓기 시작했다. 입을 여는 순간부터 홍이 눈에서는 눈물이 폭포처럼 쏟아졌다. 울며 지샌 밤이 얼마나 많았던가. 기억의 무게가 밀려와 홍이는 쓰러질 것 같았다. 자연도 숨을 죽인 채 홍이의 눈물에 귀 기울이는 듯했다. '나도 네 슬픔을 알아'라며 등을 두드리는 것 같았다.

태구는 '죽지 않고 살아 돌아왔다'는 안도감에 눈물을 흘렸다. 홍이가 겪었을 고통을 생각하니, 자신의 어깨에 드리운 흉터 따위는 아무것도 아니었다.

"저 칠성목 좀 바라봐 봐."

홍이는 고개를 돌려 나무를 올려다보았다.

"오랜 시간 온갖 풍파를 맞아도 굳건히 서 있잖아. 우리에게 불어올 바람을 같이 막아 내자. 너와 내가 겪은 일은, 이 세상이 지나온 힘든 시간의 일부일 뿐이야."

"오라버니…."

"나도 고통스러운 시간을 보냈지만 이렇게 살아 돌아오니 홍이를 볼 수 있잖아. 그냥 살아 있으면, 그걸로 된 거야."

태구는 홍이의 눈을 지그시 바라보았다.

"태구 오라버니, 나와는 어울리지 않아요. 과거의 상처가 날 죽이려고 덤벼들 거예요. 오라버니는 더 좋은 여자와 결혼해야 해요."

"그건 홍이 탓이 아니야. 이제 미래만 생각하자."

"그래도 오라버니…."

"난 홍이가 살아 있다는 것만으로도 고마워. 이 옥비녀를 받아 준다면, 나는 홍이가 내 아내가 되는 걸로 알게."

"…."

"홍이는 내게 귀한 사람이야. 나중에 돈 벌어서 더 좋은 걸로 사

줄게.”

홍이는 옥비녀를 품에 꼭 안았다.

* * *

책을 잠시 덮었다. 어젯밤에 잠을 이루지 못해서 눈이 퀭했다. 부엌으로 가 커피를 내리고 창가에 섰다. 소설이지만 홍이와 조태구라는 인물이 생생하게 다가왔다.

나는 소설이 과거에서 출발하는 서사적 기법은 별로 좋아하지 않는다. 하지만 은수의 소설은 묘한 끌림이 있었다. 자유로운 랩소디처럼 바뀌는 여러 장면이 생소하면서도 현실감이 느껴졌다. 나는 어느새 역사 다큐멘터리와 기사를 훑어보고 있었다. 우리나라가 지금껏 잠시도 잠들 수 없는 불면의 이유는 서글픈 역사가 가진 트라우마 때문이 아닐까. 세월이 흘러도 성장이 멈춰 버린 그때의 소녀들이 궁금해졌다.

해방 후 오랜 세월이 흐른 1991년, 일본군 위안부 피해자였던 김 모 할머니를 통해 최초 증언이 나왔다. 거의 반 세기가 되어서야 소녀의 입술이 열린 것이다. 당시 대학생이었던 나는 그런 시대가 있었다는 것에 분노했다. 나보다 더 어린 소녀들이 이름도 모를 어

108

안녕, 홍이

느 전장의 천막 속에서 꽃잎이 핏방울이 되었다는 것을. 나도 모르게 그 시간 속으로 걸어 들어갔다. 지금 살고 있는 내가 운이 좋았던 것일까. 그때의 소녀와 지금의 나는 시간의 수레바퀴에서 유기체적으로 연결된 존재다. 침묵했던 할머니들은 한참이 흐른 후에야 상처를 이야기했다. 상처가 치유되어서가 아니라, 상처를 안고 저무는 인생이 더 두려워서였다. 용기를 낸 할머니들은 곪아 터진 상처를 그대로 뒤이은 세대에게 보여 주었다. 그들 몸통에는 가시가 여럿 박혀 있었다. 누군가는 빼 주어야 치유될 날카로운 가시들이었다.

언젠가 나는 또다른 '일본군 위안부 피해자 H 할머니'에 관해 어디선가 읽은 적이 있다. 열아홉에 위안부로 끌려간 할머니는 우연히 캄보디아에 온 한국인을 통해 자신 또한 한국인이라는 것을 알리게 된다. 그녀는 한국말도 잊어버리고 단지 아리랑 노래만 기억할 뿐이었다. 그리고 자신의 어릴 적 이름을 '문이'로 기억했다. H 할머니는 죽기 전 한국의 가족을 만나고 싶어 했다. 할머니의 염원이 하늘에 닿았는지, 고국 땅에서 그때까지 살아 있던 자신의 여동생을 찾게 된다. 언론을 통해 55년 만에 처음으로 자신의 혈육을 만난 것이다. 할머니는 자신의 삶을 세상에 공개했다. 그동안 침묵했던 인생 스토리를 이야기하기 시작했다.

나는 그 쓸쓸한 이야기를 다시 떠올리면서 이름 없이 스러져 간 소녀들의 인생을 생각했다. 문득 은수의 소설 속에 등장했던 정숙이라는 여인이 떠올랐다. 어딘가에서 자신의 이름을 잃어버리고 방랑하다 삶의 저편으로 떠났을지도 모를 정숙을, 그리고 혹여나 살아남았을 다른 소녀들까지.

소녀들의 바람은 거창한 게 아니었다. 자신들의 존엄성을 찾고 싶다는 것이다. 그들은 자발적 의지가 아닌, 강제로 당해야 했던 아픔을 말하려 했던 것이다. 얼마 후 H 할머니는 캄보디아로 다시 돌아갔다. 오랜 정서적 공백과 문화적 시차를 좁히지 못하고 돌아갈 수밖에 없었던 할머니의 인생이 너무 서글펐다. 할머니의 유일한 한국말은 자신의 어릴 적 이름과 아리랑이었다. 고국에서 십 대 시절까지 보냈던 그는 모국어를 잊어버렸다. 생의 충격적인 파도가 애써 망각을 불러일으켰는지 모른다.

몇 년 전 나는 칠십이 된 엄마에게 일기장을 선물한 적이 있다. 하지만 엄마는 결코 쓰지 않았다. 어쩌면 상처를 꽁꽁 싸매고 침묵하고 싶었는지 모른다. 나는 내 엄마의 엄마, 그리고 엄마의 엄마의 엄마의 이야기도 알지 못한다. 인생에서 침묵 속에 갇힌 사건들이 얼마나 많은가. 말하지 않으면 아무도 모르는 누군가의 이야기를.

언젠가 나는 출판사 선배의 반강요로 글쓰기 강좌에 참여했다. 글쓰기 첫 강좌의 내용은 '나의 저녁 식사는…'으로 시작하는 문장을 쓰라는 것이었다. 어릴 적 우리 집 식탁은 언제나 아빠가 주도했다. 아무리 처음이 밝음이어도 식사가 끝날 무렵엔 아빠의 훈계 때

안녕, 홍이

문에 어두움으로 끝났던 저녁 식사. 오감이 바짝 예민해져 소화가 잘되지 않았던 저녁 식사. 맛깔스런 부추김치와 멸치볶음, 닭볶음탕의 풍미는 아빠의 훈계에 힘을 잃고 세상에서 가장 초라한 반찬이 되곤 했다.

아빠는 우리보다 먼저 밥을 후다닥 해치우고선 한 숟가락 남을 무렵 일장 연설을 시작했다. 마지막에는 수저를 탁 내려놓고 방의 전등불을 모두 끄고 나갔다. 우리는 불을 켤 시도조차 하지 못한 채 어둠 속에서 웅얼거렸다. 어느 누구도 불을 켤 생각을 하지 않았다. 그저 뿌연 어둠에 얼른 적응해야 한다는 강박만 자리 잡았다. 어두웠던 방의 기억은 음식과 함께 자주 기억이 났다.

그때 어린 나는 눈물을 글썽이며 밥을 마저 먹었다. 잠시 후 엄마는 다 먹지 못한 자신의 밥그릇과 반찬을 치웠다. 엄마는 조용히 설거지를 했다. 나는 그때 왜 엄마의 쓸쓸한 뒷모습에 대해 묻지 않았을까.

언니가 죽은 후부터는 나는 더 이상 저녁 식탁에 함께하지 않았다. 나에게 일상적이고 평범한 식탁은 드라마에서나 볼 수 있는 먼 풍경이었다. 언니가 죽고, 아빠가 그 여자에게로 간 후 엄마는 혼자 저녁을 먹었다. 그리고 심한 위장병과 두통을 앓았다. 분노를 한꺼번에 끌어안은 엄마의 두통은 타이레놀을 꿀꺽하고서야 진정되었다. 나는 타이레놀 대신 분노를 삭히는 심리학 책을 읽었고, 엄마를 위해 두통 관련 검색어를 찾았다. 엄마를 위해 해 줄 수 있는 건 그것뿐이었다.

그렇게 엄마와 나는 한동안 말없이 각자 저녁을 먹었고, 차를 마셨다. 그리고 조용히 각자의 방으로 돌아갔다. 그 어떤 말을 꺼내는 것도 서로에겐 독이 될 것 같았다. 독재자의 언어는 매서웠다. 아빠가 한 집안의 경제를 좌지우지한다는 위력은 가히 무서운 것이었다. 너무 독재에 길들어져 있어서 정작 독재가 없는 세상은 너무 고요해서 어색할 지경이었다. 그저 차분히 지금 그 순간에 집중하고 살다 보면 언젠가 서슴없이 말을 할 때가 올 것 같았다.

하지만 착오였다. 그때부터 우울증이 서서히 나의 정신을 갉아먹었다. 견딜 수 없는 상태가 되자, 엄마 몰래 상담소를 찾아갔다. 엄마가 알면 내가 정신병이라도 걸린 줄 알고 놀라 자빠질 게 분명했다.

"감정을 찬찬히 바라보세요. 슬픔을 억누르면 그것은 당신 몸으로 고스란히 들어갑니다. 그러다 보면 혜경 씨 내장에서 슬픔이 자리를 잡게 돼요."

상담사는 나의 눈을 똑바로 쳐다보며 이야기했다. 나도 어떻게 해야 할지, 정답이 무엇인지 알고 있었다. 하지만 쉽지 않았다. 감정은 다시 휘몰아쳐서 번개처럼 내 머리를 치고 달아났다. 그러다가도 어느새 정신이 번쩍 들면 일상으로 돌아왔다. 어떠한 약도 들지 않았고, 조언도 들리지 않았다. 막연히 이 순간이 지나갈 것이라는 희망만 있었다. 그러다 보면 일상이 살아졌다.

시간은 조금씩 우리를 구원하고야 만다. 인생을 스스로 맞대고자 하는 작은 희망 같은 것이 있다면 말이다. 결국 그때서야 글을 쓰면서 서서히 흙탕물이 된 마음의 물을 잠잠히 가라앉힐 수 있게 되었다. 그래서 서은수도 소설을 쓰기 시작하면서 자신의 희망의 공간을 서서히 확장한 것이 아닐까.

5. 서은수 그리고 조현자

서은수.

그녀가 태어난 곳은 빛고을 광주. 고운 이름을 가진 도시지만, 은수에겐 빛이 아닌 어두운 기억의 땅이다. 은수는 다섯 살 때 엄마와 헤어졌다. 엄마가 독일로 떠난 후 꽤 오랫동안 사촌 고모 집에서 살았다. 고모는 뜨뜻하지도 차갑지도 않은 그런 사람이었다. 은수는 점점 자라면서 자신은 연고가 없는 하숙집에 맡겨진 아이처럼 느껴졌다.

독일에 간 엄마는 가끔 편지를 보내 왔다. 양육비도 적지 않게 보내 왔다는 것을 은수는 알고 있었다. 물론 그것은 고스란히 고모의 삶을 윤택하게 하는 데 사용되었다. 조금씩 몸이 커 갈수록 은수는 학교가 싫었다. 하지만 학교는 싫어도 가야 하는 곳이었다. 딱히 의지할 데가 없어서였다.

엄마는 은수와 헤어진 뒤 근 10년 동안 두 번 정도 한국에 왔다. 횟수는 적었지만 엄마의 얼굴은 또렷이 기억이 났다. 엄마 얼굴을 잊어버릴까 봐 밤마다 사진을 뚫어져라 쳐다보며 잠이 들곤 했으니까. 엄마는 때마다 은수와 고모의 선물을 챙겼다. 고모에게 '은수를 잘 부탁한다'는 당부의 말도 잊지 않았다.

은수가 중학교 2학년이 될 무렵, 마침내 엄마에게서 편지가 왔다. 은수를 독일로 데려가겠다는 내용이었다. 더 이상 학교를 다니지 않아도 된다니, 몇몇 친구들의 부러워하는 눈빛을 은수는 느낄 수 있었다.

아이들은 언제나 은수에 대해 수군대곤 했다. 엄마가 버린 아이라고 뒤에서 떠들어댔다. 두고 보라지! 은수는 알고 있었다. 언젠가는 엄마가 자신을 데리러 올 거라는 것을. 그래서 그때까지는 그럭저럭 참고 기다리면 된다고 믿었다.

엄마는 다른 친구들의 엄마와 달랐다. 외국에서 돈을 많이 벌었고, 매번 독일제 젤리를 보내 주었고, 무엇보다 아주 멋쟁이였다. 은수가 독일로 간다고 하자, 그제야 친구들은 은수가 자신들과 다른 세계에 속한 사람이라는 걸 실감하는 눈치였다. 부러움과 질투가 섞인 표정으로 은수 주변을 맴돌았다. 뜬금없이 은수 책상 옆에 와서 "은수야! 연필 떨어졌어!" 하며 말을 걸거나, 어떤 날은 옷이 예쁘다며 어디서 샀느냐고 묻기도 했다. 생전 안 하던 행동을 하는 친구들이 얄밉긴 했지만, 은수는 속으로 으쓱했다.

은수는 벌써부터 어디선가 들은 역사 속 독일 인물들과 친해져 있었다. 히틀러가 누구인지, 루터가 무슨 일을 했는지, 말로만 듣던 칸트와 마르크스와 헤겔의 이름을 속으로 불러 보았다. 그런 이름들을 아는 자신이 괜히 유식하게 느껴졌다.

독일로 떠나기 전까지의 시간은 은수를 들뜨게 했다. 공부에 대한 부담이 사라지자 느슨한 여유가 밀려왔다. 애써 다잡으려 할수록 마음은 더 들떴다. 별로 달갑지 않던 친구들까지 달려와서 "독일 가면 편지를 주고받자"며 주소가 적힌 쪽지를 건넸다. 은수는 마음 넓은 사람처럼 "그래, 그래." 하고 응수했지만, '너네들 하는 것 봐서' 하며 속으로 콧방귀를 뀌었다. 예전처럼 노골적으로 비아냥거렸던 아이들은 여전히 킁, 소리를 내며 멀찍이서 지켜보았다. 하지만 은수는 느낄 수 있었다. 그들 얼굴에도 여러 감정이 섞여 있다는 것을. 은수는 그들의 행동을 지켜보는 재미가 제법 쏠쏠했다.

친구들은 좀체 변하지 않을 도시에서 평범하게 살겠지만, 자신은 광활한 유럽 땅에 살 거라고 생각하니 가슴이 부풀어 올랐다. 자신의 미래가 높은 상공을 향해 치고 올라가는 것 같았다.

엄마와 함께 비행기에 오른 은수는 성공하기 전에는 한국에 돌아오지 않겠다고 다짐했다. 이미 마음은 새처럼 하늘을 날았다. 마치 독일의 상징인 독수리가 되어 종종걸음으로 걷는 참새 같은 친구들을 내려다보는 기분이랄까. 은수는 독일에서 디자인 공부를 하고, 자신을 멸시하던 친구들에게 보란 듯이 유명한 사람이 되고 싶었다. 아직 미래를 경험하지 않았지만 이미 다녀온 사람처럼 마음이 한껏 부풀어 있었다.

비행기 창문을 통해 아래를 내려다보았다. 거대하게 생각했던 도시가 장난감 미니어처처럼 보였다. 이제 진짜 떠나는 거야. 안녕, 나의 고향. 다시 오지 않을 거야.

하지만 점점 비행시간이 길어질수록 은수의 마음에서는 '뭐지? 허전해.'라는 이상한 감정이 밀려왔다. 질퍽하고 끈끈한 무언가가 가슴 깊은 곳에서 울컥 올라왔다.

독일의 첫 느낌은 동화책 속 장면처럼 푸근했다. 엄마가 살고 있는 K시는 그림 같은 아기자기한 집들이 많았다. 마침 도착한 때가 크리스마스 즈음이어서, 집집마다 반짝이는 트리가 걸려 있었다. 베란다에는 형형색색의 작은 전구들이 빛을 뿜어냈다.

은수는 더 이상 창문 너머로 남의 불빛을 바라보기만 하는 성냥팔이 소녀가 아니었다. 환하게 빛나는 거실 풍경은 이제 타인의 삶이 아니라, 은수 자신의 것이 될 터였다. 문만 두드리면 그 따뜻한 집 안으로 스며들어 행복을 손에 쥘 수 있을 것만 같았다. 그리고 자신의 삶도 동화 속 공주처럼 흘러갈 것이라고, 은수는 굳게 믿었다.

엄마는 어디서 사 왔는지 막 베어낸 전나무를 거실에 세우고 트리를 만들자고 했다. 나무에 형형색색의 방울들을 달자, 거실은 분위기 좋은 카페처럼 변했다. 전나무 향이 집안 가득 퍼지자, 엄마는 취한 듯 소리를 질렀다.

"이 전나무 향 끝내준다. 그치, 은수야?"

"네, 엄마."

엄마는 분위기에 맞게 캐럴을 틀었다. 오랜만에 만난 모녀 사이는 어딘가 서먹했지만, 그것은 그리 큰 문제가 되지 않았다. 함께 산다는 사실만으로도 은수는 충분히 위로받고 있었다.

엄마는 그동안 늙었는지 사진에서 보았던 것보다 생기가 없어 보였다. 어쩌면 병원 일이 교대 근무라 리듬이 깨져 그럴 수 있겠다는 생각도 들었다. 그럼에도 엄마는 나이보다는 젊어 보였다. 어깨쯤 내려오는 생머리에 주근깨 하나 없는 피부, 쌍꺼풀 진 큰 눈은 지적으로 보였다.

"은수야, 이제 독일어 열심히 하고 잘 적응하는 거야. 알았지?"

"네."

은수는 엄마와 좀 더 친해져야 할 것 같다고 생각했다. 그러면서도 엄마의 말에 어떻게 대답해야 할지 잘 몰랐다.

며칠 뒤, 은수는 독일어 학원으로 이름난 괴테 학원에 등록했다. 엄마는 석 달 정도만 다니면 상당한 수준이 될 거라고 말했다. 그동안의 부재를 보상하듯, 은수에게는 무엇이든 최고를 주고 싶어 하는 눈치였다.

은수에게 독일어는 세계 최강으로 어려운 언어였다. 영어와는 달리 남성과 여성 명사가 있다는 것도 특이했고, 형용사마다 어미가 다르다는 것도 이상했다. 독일어의 딱딱한 발음이 어딘지 모르게 은수를 주눅 들게 했다. 독일만 오면 모든 게 해결될 거라 생각했지만, 언어가 복병일 줄은 몰랐다.

안녕, 홍이

학원에는 비슷한 처지의 외국인 학생들이 있었다. 그중 은수가 가장 어렸다. 은수는 자신보다 몇 살 더 많은 튀르키예 청년 모하메드와 친해졌다. 그는 형이 이 도시에 살고 있어서 왔다고 했다. 언제부턴가 그는 늘 은수 옆에 앉았다. 짙은 눈썹과 커다란 눈에 얼굴이 우락부락한, 전형적인 아랍계 남자애였다. 모하메드는 오빠처럼 은수를 잘 챙겨 주었다. 그는 쉬는 시간이면 알다가도 모를 노래를 흥얼거렸다. 튀르키예 노래인 듯한데, 갈라지는 그의 음색과 잘 어울렸다. 은수는 가끔 고개를 돌려 그를 쳐다보았다. 그래서일까? 언젠가부터 그의 시선도 은수를 향해 있었다.

어느 날, 모하메드가 넌지시 물었다.

"우리 다음 시간에 수업 빼먹고 공원에 갈까?"

은수는 잠시 주저하다 단호하게 말했다.

"싫어."

"이번만 가자. 응?"

"수업 시간에?"

"응."

은수도 공부하기가 싫은 건 마찬가지였다. 그들은 대충 알아듣는 독일어로 주고받은 후, 쉬는 시간을 틈타 공원으로 나갔다. 공원의 후미진 곳에는 큼직한 나무들로 가득 차 있었다. 그곳에 아무도 앉지 않았을 법한 허름한 벤치가 있었다. 나뭇잎 사이로 밤톨만 한 햇빛이 들어왔지만 사위는 어두웠다. 둘은 자연스럽게 자리를 잡았다. 그의 손이 은수의 몸을 스치고 지나갔다. 은수가 화들짝 놀라자 모하메드가 손을 거두었다. 이상하게 그의 손길이 싫지는 않았다.

두 사람은 며칠 후에 다시 공원으로 갔다. 함께하니 이상하게 용기가 생겼다. 둘은 아무 말도 하지 않았다. 굳이 언어가 아니어도 뭔가 통하는 것 같았다. 모하메드가 먼저 입을 열었다. 아주 짧은 독일어지만 거의 대부분 알아들을 수 있었다.

"독일 힘들어?"

"아니⋯."

"거짓말."

"독일어가 힘들 뿐이야."

"나도."

"하지만 엄마랑 있어서 좋아."

"좋겠다. 내 엄마는 저기 위에."

모하메드는 손가락으로 위를 가리켰다.

"엄마 죽었어?"

"응⋯."

"쏘리."

"괜찮아. 근데 너, 남자 친구 있어?"

"아니. 넌 여자 친구 있어?"

"나도 없어."

안녕, 홍이

"아….."

"너, 사랑해 봤어?"

"아니…."

"우리 사랑할까? 너 이뻐."

어눌한 독일어였지만 대화는 통했다. 은수는 자신도 모르게 웃었다. 모하메드가 손가락으로 은수의 통통한 볼을 만졌다. 은수는 깔깔깔 웃으며 모하메드의 이마를 손바닥으로 가볍게 밀었다. 은수는 외국인과 앉아 있는 게 어색했다. 그것도 튀르키예인과 함께 있다니, 실제가 아닌 꿈속 같기도 했다. 말의 언어가 줄어드니 감정의 언어가 늘어났다. 그날의 대화는 이렇게 짧고 가볍게 이루어졌지만, 이상하게 기분은 미묘하고 탱탱한 느낌이었다. 은수는 '사랑'이라는 뜻의 독일어는 명확히 알아들었다. 리베… 외로움 때문일까? 누가 가만히 터치만 해도 몸이 금세 반응했다. 그 쾌감은 강렬해서 오히려 슬플 만큼 기이했다. 다른 한편으로는 내면 깊숙이 까닭 모를 화가 치밀었다. 왜 그런지 사랑이라는 말은 은수에게 그리 유쾌하게 들리지 않았다.

갑자기 모하메드가 바짝 다가왔다. 순식간에 일어난 일이었다. 수줍게 손을 잡아끌고는 은수의 이마에 자신의 입술을 대려고 했다. 순간, 은수는 모든 게 피곤해졌다. 지금 이 시점에 잠시 눈을 감으면 다른 세상으로 들어갈 것이다. 그의 입에서 뭔가 끈끈하고 질퍽한 냄새가 났다. 심장이 조금 두근거렸다. 그때 머리 위로 나뭇잎이 하나 툭 떨어졌다. 은수는 화들짝 몸을 떴다.

차가운 현실이 잽싸게 은수를 감쌌다. 독일어 코스를 잘 마친 후 고등학교에 들어가면 엄마의 칭찬을 받을 것이다. 그 생각이 들자, 자신도 모르게 모하메드의 손을 뿌리치고 내달렸다.

그가 뒤따라 달려왔다. 몇 미터도 못 가 모하메드의 손이 은수를 잡아 끌어안았다. 모하메드의 둔탁한 입술이 은수의 입술을 덮었다. 은수는 고개를 돌렸다. 다시 숨이 멎을 정도로 답답했다. '빨리 독일어를 마스터해야지.' 하는 엄마의 목소리가 귓전에서 윙윙거렸다. 은수는 자꾸만 기분이 더러워지는 것만 같았다. 자신이 가벼운 여자인 것 같기도 하고, 다 커버린 늙은 여자인 것 같기도 했다. 은수는 자기도 모르게 손을 뻗어 모하메드의 뺨을 때렸다. 그리고 내달렸다. 어느 정도 힘이 빠진 정도가 되었을 때, 숨을 헐떡이며 뒤를 돌아보았다. 어느새 모하메드는 사라지고 없었다.

은수는 학원을 마치고 정규 중고등학교에 들어가야 했다. 그러려면 남은 학원 생활을 성실히 보내야 했다. 하지만 이상하게도 그날 이후로 공부가 더 하기 싫었다. 자꾸만 모하메드가 생각났다. 그는 평소와 달리 그윽하게 축 늘어진 눈매로 늘 창밖을 내다보았다. 은수는 무성하게 내려앉은 공원의 숲이 생각났다. 그럴수록 시선은 자꾸만 모하메드에게 향해 있었다. 하지만 그는 은수에게 한 번도 눈길을 주지 않았다. 은수는 점점 교실에 들어가기가 싫었지만 그래도 가야 했다. 이상하게 스멀스멀 죄책감이 밀려왔다. 자신에게 처음으로 따스하게 대해 준 사람을 거절했다는 자괴감 같은 거였다.

시간이 흘러 은수는 괴테 학원에서의 과정을 모두 마치고 집으로 돌아왔다. 마지막 수업이 있던 날, 모하메드가 다가와 작은 쪽지를 손에 쥐어 주었다. 개발새발 쓴 전화번호였다. 은수는 그 쪽지를 아무렇게나 호주머니에 구겨 넣었다.

몇 달 후, 은수는 집 근처 김나지움(중고등학교)에 다니게 되었다. 여전히 혼자였다. 학교에서 은수는 물결 위에 부유하는 생물 같았다. 중력이 없어 우주 한가운데 떠도는 은하계의 고아. 어느 책에서 누군가 한 번쯤은 반드시 혼자가 된다고 했지만 은수는 지금까지 늘 혼자였다고 생각했다. 점점 자신이 어떤 사람이었는지, 어떤 욕구가 있었는지를 잊어 갔다. 신호가 멀어지면서 통화 음질이 떨어지듯, 자신의 마음과도 소통하기가 점점 힘들었다.

엄마는 돈을 더 많이 벌기 위해 병원 야간 근무를 자청했다. 밤 9시 30분부터 출근해 다음 날 새벽 6시 30분에 퇴근을 했다. 그러면 100퍼센트 추가 수당을 받았다. 엄마는 출근 전에 자신의 간식을 싸고 은수의 다음날 먹거리까지 챙겨 놓았다. 은수는 숙제를 하다 잠이 들곤 했다. 엄마는 다음 날 아침에 퇴근해서 밥을 먹고 곧바로 눈에 안대를 끼우고는 잠 속으로 빠져들었다. 은수도 가방을 챙기고 학교로 향했다.

처음에 은수는 엄마가 싸 놓은 도시락이 맛이 없어 모두 쓰레기

통에 버렸다. 검은색의 딱딱한 통밀빵이 도무지 적응되지 않았다. 처음으로 한국에서 고모가 싸 준 도시락이 그리웠다. 오후에는 독일어 개인 교습과 미술 과외를 받았다. 엄마는 야간 근무를 하면서도 은수의 스케줄을 일일이 신경 썼다. 그래서 은수는 엄마의 기대에 부응하고 싶었다.

가끔 수업을 마치고 돌아오면 부스스 잠이 깬 엄마를 만날 수 있었다. 엄마는 눈을 비비며 부엌으로 가, 앞치마를 두르고 양배추 김치와 날린 쌀로 밥을 지었다. 반찬은 호박무침이나 소시지볶음 등이었다. 가끔 계란 반찬도 좋았고, 소고기 장조림도 그럭저럭 괜찮았다. 하지만 엄마의 한식 요리 솜씨는 광주에 사는 고모보다 훨씬 형편없었다. 그건 엄마 자신도 알고 있었다.

엄마는 언젠가 어떤 한인의 이동트럭에서 배추를 사 와 김치를 담갔다. 일반 슈퍼에 나오지 않은 거니 금배추나 다름없었다. 엄마와 은수는 오랜만에 김치를 먹으면서 감격해했다. 엄마의 반찬 메뉴는 언제나 거의 비슷했고, 은수에 대한 질문도 여전했다. 독일 삶은 평온하지만 지루하고 건조했다. 언젠가 멍하게 앉아 있는 은수를 향해 엄마가 말을 꺼냈다.

"학교 공부는 어때?"

"네. 괜찮아요."

"독일 친구들은 많이 사귀었어?"

"네…."

은수의 대답은 늘 긍정이었다. 엄마는 바빴고, 은수는 생각이 많았다. 독일 학교는 한국과는 뭔가 많이 달랐다. 독일 교실은 수업 시간에 질문을 해야 하고 토론을 많이 했다. 어릴 때부터 토론을 통해 다른 사람을 설득하는 능력을 키운다고 했다.

반 아이들은 무슨 할 말이 그렇게 많은지 앞다투어 손을 들고 의견을 이야기했다. 좋은 성적을 받기 위한 것이라는 것을 나중에 알았다. 성적 평가에서 수업 참여도가 절반이라는 것을 알자 절망감이 들었다. 도저히 그들의 대화를 알아듣기 힘들었다. 이럴 줄 알았으면 한국에 남아야 했나 싶을 정도로 후회가 밀려왔다. 안 그래도 내성적인 은수에게 발랄하고 말 많은 독일 아이들은 도통 맞지 않았다.

처음에 말을 걸려고 다가온 친구가 있었다. 하지만 은수가 별 반응을 안 하자 자신의 자리로 돌아갔다. 은수는 학교가 너무 외로웠지만, 엄마에게 내색할 수 없었다. 혼자 자유롭게 살던 엄마에게 딸의 존재가 안 그래도 부담스러울 텐데, 더 이상 엄마에게 짐을 안겨 주고 싶지 않았다. 은수는 중간 단계 없이 어른이 된 기분이 들었다.

그럴수록 이상하게 모하메드가 생각났다. 반 아이들 중 튀르키예 남자아이를 본 순간, 문득 무릎담요처럼 따스하게 느껴졌던 모하메드의 눈빛이 생각났다. 엄마가 밤에 출근하고 나면 은수는 침대에 누워 뒤척였다. 그러면 어김없이 그의 눈빛이 눈앞에 어른거렸다. 외로움의 밤이 지속될수록 그리웠다.

어느 날 오후, 은수는 문득 그가 종이에 써 준 전화번호가 생각났다. 결국 손가락이 감정을 먼저 알아채고 천천히 전화번호를 눌렀다. 전화기 너머로 모하메드의 목소리가 들려왔다. 은수의 가슴이 스카이콩콩을 타는 것처럼 쿵쾅거렸다.

"은수?"

"응."

"보고 싶었어."

"…."

"오늘 공원의 햇빛이 정말 좋아."

"…."

은수는 막상 전화를 걸었지만 아무 말도 하지 못했다.

"우리 만날까?"

"응. 그래."

은수는 모하메드가 먼저 그렇게 말해 주어서 고마웠다. 그도 은수를 잊지 못한 게 분명했다. 사랑은 그리움에서 출발하는 것일까? 그러면 이게 사랑일까, 아니면 미친 호르몬 때문일까.

괴테 학원에서 나온 지 겨우 몇 달밖에 안 지났는데도 둘은 조금 서먹했다. 모하메드는 잠을 못 잤는지 초췌해 보였다. 둘은 공원을 걸었다. 이번에는 손을 잡고 자연스럽게 입술을 포갰다. 처음에 나눴던 입맞춤보다 친밀했고 기분도 좋았다. 가끔 그가 지나친 행동

안녕, 홍이

을 하려고 하면 은수는 밀치고 도망쳤다. 그럴수록 끈적임은 둘 사이를 바짝 당겨 놓았다.

어느 날 그가 은수의 집에 데려다주겠다고 했다. 은수는 괜찮다고 했지만 모하메드는 극구 함께 걸었다. 고풍스러운 가로등 주위로 희미한 안개가 무리를 짓고 있었다. 그때 눈앞에 누군가 걸어왔다. 지치듯 걸어오는 엄마의 실루엣. 결국 엄마는 모하메드의 존재를 알아버렸다. 엄마는 벌어진 입을 다물지 못했다. 그러고는 은수를 잡아끌고 현관에 들어서자마자 다짜고짜 소리를 질렀다.

"너, 그동안 독일어 배우라고 학원에 보냈더니 튀르키예 남자를 만났어?"

"엄마, 좋은 오빠예요."

"오빠? 아이고, 너에게 오빠가 어딨어?"

그날 처음으로 은수는 엄마와 심하게 말다툼을 했다. 엄마는 마치 병원 업무에서 쌓인 스트레스를 모조리 퍼붓는 것 같았다.

"무슬림 남자는 절대 안 돼!"

"왜요?"

"왜 하필 그 나라 사람이야?"

"엄마, 난 그냥…"

은수는 처음으로 엄마에게 따박따박 말대꾸를 했다. 엄마는 어이없다는 듯 허허거리다 소리를 질렀다. 엄마는 마치 튀르키예 사람들을 죄다 만나 보고 실패했던 사람처럼 격앙되어 있었다. 사실

은수는 그 남자와 결혼한다는 생각을 해 본 적도 없었다. 그냥 만나면 따스하고 기분이 좋아질 뿐이었다.

엄마는 무슬림 남자들에 대해 입에 침을 튀어 가며 설명했다. 심지어는 "너는 그 녀석과 결혼해도 불행해질 것"이라고 했다. 엄마의 말은 돌덩이처럼 단단했고 차가웠다. 하지만 아이러니하게도 엄마는 독일 사람들에게는 꽤 호의적이었다. 왜 엄마는 그렇게 차별적 시선을 가지게 되었을까, 은수는 생각했다.

더 이상 엄마랑 말이 통하지 않았다. 은수는 눈물이 복받쳐 올랐다. 엄마에 대한 서운한 감정이 올라왔다. 자신을 두고 혼자 독일로 떠나 버린 무심함까지 겹쳐 떠올랐다. 뭉쳐 두었던 엄마에 대한 분노가 솟구쳤다. 그런데 이상하게도 버럭 악을 쓰고 말을 하고 싶은데 나오지 않았다. 입 밖으로 내뱉으면 쌓여 있는 통증이 마그마처럼 터져 나올 것만 같았다. 단지 마음속으로만 울부짖었다.

'엄마가 나에게 해 준 것이 뭐냐. 엄마의 품이 얼마나 그리웠는데. 나를 버리고 떠난 엄마가 무슨 그리 할 말이 많냐'고 따지고 싶었다. 하지만 그런 생각이 들수록 이상하게 엄마에게 미안한 마음이 들었다. 엄마에게 화를 내면 안 될 것 같았다. 엄마는 앞으로 절대 모하메드를 만나지 말라고 다그쳤다. 하지 말라고 하니 묘하게 더 만나고 싶었다. 그저 모하메드가 보고 싶었다.

결국 은수는 엄마가 일하러 간 사이 집을 빠져나왔다. 작정하고 집을 나선 것이 아니기에 호주머니에 돈도 겨우 버스비 정도밖에

안녕, 홍이

없었다. 모하메드의 집은 버스로 세 정거장을 가야 했다. 그날 그의 형은 베를린에 있는 아버지 집에 간 터라 집에 혼자 있었다.

"어떻게 왔어?"

그는 은수를 보자마자 손을 잡아끌었다.

"보고 싶어서."

은수는 자신도 모르게 솔직하게 대답했다.

그는 은수의 손을 재빨리 이끌고 집 안으로 들어갔다. 잠시 후 그는 냉장고에서 먹다 남은 듯한 맥주를 꺼냈다. 김이 다 빠진 맥주를 은수에게 따라 주었다. 그러고는 냉장고에서 뚜껑을 따지 않은 병 맥주를 더 꺼냈다. 한 번도 맥주를 마신 적이 없었던 은수는 취기가 올라오자 푹푹 꺼지는 듯한 거실 바닥을 휘청거리며 화장실을 들락날락거렸다.

평소 이글거리는 그의 눈은 은수의 품 안에서는 얌전히 사그라들었다. 야만성이라곤 하나도 없이, 그저 커다란 눈을 가진 외롭고 슬픈 짐승일 뿐이었다. 내면에 무언가 고독이 있는 짐승. 주체할 수 없는 삶의 광기를 간직한 채 숨죽여 사는 가녀린 물성이었다.

아침에 눈을 뜨자, 은수는 머리가 깨질 듯 아팠다. 몸도 뻐근해 온몸을 웅크린 채 이불 속에 가만히 있었다. 전날 밤 어색하고 까칠한 감촉이 은수의 가녀린 육체에 무늬처럼 남아 있었다. 이상하게 마음이 무언가에 긁힌 것처럼 아팠다.

"은수! 이히 리베 디히. 이히 리베 디히."

모하메드는 "사랑한다"는 말만 되풀이했다. 그 말이 반복할 만큼 그렇게 쉬운 말일까? 잠시 후 모하메드는 침대에 걸터앉아 잔뜩 차분한 기색으로 말을 꺼냈다. 자신의 체류 허가가 연장이 되지 않았다고, 이제 고향 튀르키예로 돌아가야 한다고. 그 말을 들은 은수는 웃지도, 울지도 않았다. 운명이 예고된 손님처럼 문 앞에 서 있다는 느낌뿐이었다. 모하메드는 다시 입을 열었다.

"나랑 같이 내 고향으로 가자!"

그러고는 더듬더듬, 아주 천천히 자신의 이야기를 털어놓았다. 다 알아들을 수는 없었지만, 대강의 단어로 그의 이야기를 유추할 수 있었다. 그는 어린아이처럼 울음을 터뜨리고 싶은 것을 애써 참아 내는 것처럼 보였다. 하지만 은수는 마음껏 울라는 말을 차마 하지 못했다.

그는 할아버지, 할머니, 아버지와 첫 번째 어머니는 이미 베를린에 와서 살고 있다고 했다. 자신은 아버지의 세 번째 여자에게서 태어난 아들이라고 했고, 그동안 고향에서 살았는데 생모가 1년 전에 세상을 떠났다고 했다. 그래서 아버지가 있는 독일로 왔다가 K시에 사는 이복형 집에서 잠시 살게 된 것이라고.

은수는 궁금한 게 많았지만 그의 인생에 대해 더 물으면 안 될 것 같았다. 단지 그의 어깨를 부드럽게 쓰다듬어 줄 뿐이었다. 할 수만 있다면 그와 함께하고 싶었다. 그와 살을 부비며 평생을 함께하고 싶다는 생각까지 들었다. 어쩌면 이 불안하고 답답한 시간에서

도망치고 싶었는지 모른다. 하지만 마음을 헐어서 길을 냈다는 말처럼, 모하메드에게 순순히 길을 내주어야 한다고 생각했다. 그러면서도 아직 끝나지 않았기에 붙잡고 싶었다. 미래에 끔찍한 불운이 닥친다 할지라도 감당할 각오가 있다고 말해 주고 싶었다. 감정은 그렇게 울부짖었지만, 이성은 두렵고 차가웠다.

그날 저녁, 엄마가 모하메드의 집을 찾아왔다. 어떤 경로로 집을 찾게 되었는지는 알 수 없었다. 아마도 괴테 학원에 모하메드의 집 주소를 문의했을 것이다. 현관에서 엄마의 목소리가 들렸다. 엄마는 퀭한 눈을 한 채 은수의 손을 잡고 밖으로 나갔다.

"아야!"

은수는 엄마의 손을 뿌리치려고 했다. 하지만 엄마는 절대 놓지 않겠다는 듯 손에 힘을 주었다. 소매가 올라간 엄마의 손목에 새겨진 깊은 흉터 자국이 은수의 눈에 들어왔다. 엄마의 손목은 가늘었지만, 뱀처럼 뭉툭한 자국 때문에 두툼해 보였다. 흉터는 낼름거리며 은수를 금방이라도 삼킬 것 같았다. 집으로 돌아올 때까지 엄마는 아무 말도 하지 않았다.

엄마는 집에 들어오자마자 소파에 털썩 주저앉았다.

"너, 대체 무슨 생각으로 그 남자한테 간 거야?"

"엄마!"

"어떻게 그럴 수 있어? 그렇게 일렀는데도?"

"그냥 보고 싶어서요."

"뭐야? 지금 제정신이야?"

"모하메드가 고향으로 가는데, 나랑 같이 가자고 해요."

"엄마가 그렇게 말했는데 정신을 못 차리니?"

엄마의 목소리가 그렇게 낮고, 어둡고, 둔탁한지 처음 알았다. 엄마는 흐느껴 우는 은수 앞에서 지극히 객관적이고 이성적인 사람이었다. 태연하고 묵묵히 자신의 언어만 토해 냈다. 은수는 그런 엄마가 제정신으로 보이지 않았다. 엄마는 슬픔에 젖어 있는 은수에게는 관심도 없었다.

은수는 하지 말아야 할 말을 해 버렸다. 오랫동안 묻어 놓았던 말을.

"엄마는 강해서 그동안 혼자서도 잘 살아왔잖아요."

엄마는 갑자기 털썩 바닥에 주저앉았다. 그리고 아무 말도 하지 않았다.

여름방학이 시작되기 며칠 전, 모하메드는 아무런 편지도 말도 남기지 않고 자신의 땅으로 돌아갔다. 은수는 자신이 버려진 것 같아 서글펐다. 얼마 동안 모하메드에 대한 추억과 다 채울 수 없는 간절한 욕망으로 몸살을 앓았다. 그가 남긴 흔적은 은수의 마음을 뒤흔들어 놓았다. 그 대가는 쓰리고 아파서 심장이 잘려 나가는 듯한 파괴력이 있었다.

엄마는 그때부터 은수를 감시하기 시작했다. 근무하는 병원에도 휴가를 신청한 모양이었다. 밖에 나갈 때는 문을 잠그고 나갔다.

안녕, 홍이

안에서 밖으로 나갈 수 없도록 해 놓은 잠금장치였다. 은수는 울다 지쳐 잠이 들곤 했다.

어느덧 여름방학이 지나가고 다시 학교에 나갔다. 바쁜 나날이 계속되었다. 여러 계절이 소리 없이 지나가던 어느 날부터 사방이 조금 밝아진 것 같았다. 은수도 서서히 삶을 향해 고개를 내밀기 시작했다. 조금씩 상처가 아물어 가는 것 같았다.

공부를 잘하지는 못했지만, 학교에서 유급을 당하지 않을 정도였다. 얼마 후면 대학 입학 자격 시험인 아비투어를 치를 예정이었다. 마음은 불안했지만 크게 욕심내지 않았다. 시험을 준비하면서 은수는 조금씩 마음을 다잡았다. 그러나 은수와 달리 엄마는 시간이 흐르면서 술을 입에 댔다. 잔뜩 웅크린 채 앉아 있는 엄마의 쓸쓸한 뒷모습을, 은수는 자주 보았다.

그날도 엄마는 오랫동안 마셨는지, 식탁 위에는 치워 놓지 않은 맥주병과 와인병이 흐트러져 있었다. 인기척을 들었는지 엄마가 돌아보았다.

"딸, 왔어?"

"네, 엄마는 무슨 힘든 일 있어요?"

"아니."

엄마의 눈은 슬퍼 보였다. 이제는 은수가 엄마의 안부를 묻고 있었다.

며칠 후 엄마는 기운을 차린 듯 오랜만에 출근했다. 은수는 학교

수업이 끝난 후 곧바로 친구들과 도서관에 있다가 집에 돌아왔다. 그날 엄마의 방문이 열려 있었다. 엄마는 아마도 급하게 옷을 입고 출근한 것 같았다.

　방문을 닫으려다, 문득 침대 아래 떨어진 공책을 발견했다. 이상하게 눈길이 갔다. 엄마의 일기장이었다. 훔쳐볼 생각은 아니었지만 눈은 그대로 펼쳐진 페이지에 머물렀다.

　1998년 2월 10일

　종식 씨! 요즘 무척 슬프고 외롭네요. 내 인생 외로움의 끝은 어디일까요? 눈을 감으면 보이는 당신의 얼굴. 은수가 내 배에서 낳은 자식이 아니라서 미안하다는 종식 씨 눈빛이 오늘은 더 생각나네요. 당신을 꼭 닮은 은수를 생각하면 잘 키워야지 하며 악착같이 살아왔잖아요. 나, 잘한 거죠? 왜 나에게 이런 아픔을 두고 말도 없이 그리 멀리 혼자 떠났나요? 야속하게 핏덩어리만 남기고 떠난 당신이 오늘 더욱 밉네요. 아, 종식 씨! 사는 게 외로워요.

　은수의 두 눈은 '내 배에서 낳은 자식이 아니라서'라는 문장에 꽂혔다. 그만 들고 있던 일기장을 떨어뜨렸다. 예상하지 못한 둔기에 머리를 맞은 느낌이었다. 모든 게 명확해졌다. 지금까지 엄마라고 생각했던 이가 자신을 낳은 사람이 아니었다. 드라마 속에서나 나오는 이야기인 줄 알았다. 함께 살았던 고모는 한 번도 은수의 출생

안녕, 홍이

이야기를 해 준 적이 없었다. 은수가 아주 어릴 때에도 엄마는 사진 속에 고스란히 함께 담겨 있었다. 엄마의 존재에 대해 단 한 번도 의심한 적이 없었다.

은수는 감쪽같이 자신을 속인 어른들이 미웠다. 눈물이 폭포수처럼 내려 셔츠까지 축축해졌다. 얼마나 울었을까? 엄마의 행동에 대한 이유와 동기가 퍼즐처럼 딱딱 들어맞았다. 만약 친딸이었다면 독일에 그때 올 때 은수와 함께 왔을 것이다. 어떻게 갓 다섯 살인 아이를 두고 독일로 떠날 결심을 했겠어? 곧바로 독일로 데려오지 않은 것도 어쩌면 친자식이 아니어서겠지. 그동안 자신이 낳지 않은 아이를 키우면서 얼마나 짐이 되었을까?

은수는 정신을 차릴 수가 없었다. 배신감보다는 자신이 엄마의 삶에서 아무것도 아닐 수도 있겠다라는 서글픔이었다. 할 수만 있다면 세상의 절벽으로 내달리고 싶었다. 삶에서부터 멀어져야 한다는 생각이 들었다. 그러면서도 마음 한구석에서 생의 욕구가 치밀어 올랐다. '살아야 한다, 살아야 해.' 누군가 은수를 향해 부르짖었다.

하지만 이제 집에 있을 수가 없었다. 은수는 몇 가지 옷과 용돈 모은 것을 챙기고 밖으로 나왔다. 갈 곳은 없었다. 하지만 엄마와 더 살다가는 영원히 관계를 단절할 것 같았다. 자신만 사라지면 세상은 처음으로 돌아갈 것이다. 막상 집을 나오자, 돈이라도 훔치고 나왔다면 공항으로 달려가 한국으로 갈 수 있었을 텐데, 하는 후회가 밀려왔다. 하지만 독일에 오는 비행기 안에서 창문 밖을 바라보며 다짐하지 않았던가. 다시는 한국으로 가지 않겠노라고.

결국 은수가 발길을 향한 곳은 베를린이었다. 몇 년 전 엄마의 친구 박수정 아줌마의 장례식 때 갔던 그 도시. 그때 그곳에서 꿈틀대는 젊음이 느껴졌었다. 은수는 가지고 있는 돈을 탈탈 털어 기차표를 샀다. 베를린은 사람들이 많은 대도시인 만큼 엄마가 찾지 못할 것이다. 은수가 살았던 남부 독일의 시골 마을보다 볼거리가 많았지만, 무언가 두려웠다. 막상 베를린에 도착해서도 은수는 어디로 가야 할지 막막했다. 이미 자신은 버려진 사람이라는 자괴감이 일었다.

지하철에 구겨진 신문을 보고 무작정 찾아간 그곳의 여자들은 길 잃은 새 같은 은수를 따뜻하게 안아 주었다. 그 여자들은 남자를 기다렸고, 남자들은 그 대가로 돈을 주었다. 그곳에서 은수는 먹고 잘 수 있는 것만으로도 고마움을 느꼈다. 처음엔 허드렛일을 했지만 은수도 그 여자들처럼 돈을 벌어야 했다.

다행히 그곳 생활도 오래 가지 않았다. 어느 날 업소를 찾아온 한인 누군가에 의해 은수의 존재가 드러났다. 엄마는 가히 신적인 존재였다. 멀리 베를린까지 와서 은수를 찾아내었다. 엄마는 잔뜩 어두운 눈빛을 한 채 은수의 손을 잡아끌었다.

은수가 엄마의 손길을 거부하지 않고 순순히 붙잡혀 그곳을 빠져나올 수 있었던 것은, 그곳에서 일하는 동유럽 출신 여자의 말 때문이었다.

'넌 중요하지 않아. 다시 말하자면 아무도 너의 삶에 관심 없단 말이지. 그러니까 자책감도 필요 없어.'

은수는 학교 수업 시간에 들은 문장이 생각났다.

'우리는 점 위의 점, 그 점 위의 점일 뿐이다.'

어쩌면 은수가 떠올린 과거는 그때의 은수 마음이고, 무언가 포기할 수 없는 것은 무언가에게 주었던 은수의 마음인 것이다. 그래서 언제든 사람에게 주었던 마음을 포기하면 된다. 은수는 사람에 대한 애정을 포기한다는 마음을 먹자 마음이 편해졌다. 이상하게 다시 일상으로 돌아갈 수 있을 것 같았다. 봄인지 겨울인지 모르는 시간은 새내기 어른이 된 은수에게 슬픔도 기쁨도 아닌 날의 연속이었다. 그러면서도 엄마의 어깨에 머리를 기대고 싶은 마음이 들었다. 엄마는 은수와 함께 집으로 돌아오는 기차 안에서 아무 말도 하지 않았다.

* * *

현자는 은수와 탄 기차 안에서 눈을 감았다. 며칠 전 일이 스쳐 지나갔다.

그날 근무를 마친 후 집에 돌아온 현자는 은수가 집에서 사라진 것을 알았다. 활짝 열린 방으로 들어갔다. 침대 밑에 일기장이 널브러져 있었다. 실수였다. 그날 뭔가를 적다가 근무 시간에 쫓겨 부랴부랴 나갔었다. 당황스러워하는 은수의 표정을 마주 보는 것 같았다. 현자는 죽을 때까지 은수의 출생을 비밀로 하고 싶었다. 아니, 어쩌면 진즉 은수에게 진실을 말했어야 했는지도 모른다. 그 기회를 놓쳐 버린 지금, 남은 건 회한뿐이었다. 현자는 갑자기 온몸에 오한을 느꼈다.

현자는 은수를 처음 독일에 데려왔을 때의 설렘이 떠올랐다. 은수를 보고 있으면 사랑하는 종식 씨가 생각나서 그저 좋았다. 하지만 은수는 생각처럼 독일에 잘 적응하지 못했다. 현자의 일기장을 읽고 출생의 비밀을 알아버리고 집을 나간 게 분명했다. 학교와 친구들에게 연락했지만, 은수의 행방을 알 길이 없었다.

베를린에 사는, 예전에 같이 일했던 동료 간호사 정자와 통화를 하게 되었다. 그녀는 파독 광부 출신 남자와 결혼해 베를린에서 꽤 여유 있게 살고 있었다. 처음 독일 병원에서 일할 때도 독일인 남자 환자들에게 인기가 많았다. 현자가 근무하는 병원에 전화해 연락처를 알아낸 것도 정자였고, 몇 년 전 수정의 사망 소식을 전해 준 것도 그녀였다. 안타까운 수정의 죽음에 현자는 가슴 한 구석이 아려왔었다. 정자는 베를린에서 성매매업소에 다니는 은수 나이 또래의 여자애에 대해 이야기했다.

"우리 남편이 가 봤나 보더라고! 어린애던데, 너무 안타깝더라고."

정자는 혼잣말처럼 이야기했다. 문득 현자는 그 아이가 은수일 거라고 생각했다. 아니더라도 어디든 찾아 나서야 했다.

현자는 무작정 베를린으로 떠나기로 결심했다. 사직서를 제출했더니 병원은 기다렸다는 듯 곧바로 처리해 주었다. 집주인에게도 이사를 간다고 통보했다. 무엇보다 은수를 만나야 한다는 생각에 마음이 바빴다. 친구 정자가 기차역에 마중 나와 있었다. 베를린하늘에는 회색빛 구름이 잔뜩 끼어 있었다. 통일 후 수도로 결정이 되었지만, 베를린은 여전히 현자의 얼굴처럼 칙칙한 어둠이 자리했다. 현자는 다음 날 정자가 일러준 곳으로 향했다.

불행하게도 그곳에 은수가 있었다. 은수가 그곳에 있으리라고는 추호도 생각을 못 했다. 반가웠지만 씁쓸했다. 은수는 짙은 화장을 한 채로 동유럽 여성들 사이에 있었다. 초조한 눈빛의 은수에게서 얼핏 자신의 모습이 보여 현자는 화들짝 놀랐다. 초라한 처마 밑에서 비를 피하는 사람처럼, 은수의 텅 빈 눈동자를 본 순간 가슴이 저렸다. 뒤이어 날 센 통증이 가슴을 후려쳤다. 어린 나이에 튀르키예 남자로부터 이미 남성을 알아버린 후의 상처 때문일까? 여성으로서 수치심 때문에 아예 자신의 육체를 헐값에 내던지고 싶었던 것일까? 현자는 가만히 은수의 손을 잡았다. 은수는 거부하지 않고 순순히 걸어 나왔다.

이후 현자와 은수는 K시를 떠나 베를린에 아예 집을 얻었다. 도시가 좋아서라기보다는 여러 인종이 섞인 베를린에 사는 게 부담이 없었다. 200여 개국의 다문화가 있는 곳에서 마구 섞여 살아도 아무도 관심이 없을 것 같았다. 그 점이 마음에 들었다. 베를린은 통일 후 젊음과 예술이 태동하는 곳이었다. 디자인을 공부하고 싶어 하는 은수에게 적절한 도시였다. 사실 현자도 일찌감치 독일 시골 마을을 떠나고 싶었다. 그동안 수간호사 마야도 정년퇴직을 해서 그나마 의지할 대상도 없었다. 현자는 새롭게 옷을 갈아입은 수도에서 새 삶을 살고 싶었다. 게다가 베를린에는 친구 덕심과 정자도 있었다. 파독 초기 친하게 지냈던 수정이 하늘나라로 떠나서 아쉬운 마음이 드는 건 사실이었지만, 새로운 도시가 뿜어내는 에너지가 좋았다. 은수도 베를린에 있는 예술대학에 보내면 될 것 같았다.

통일 후 베를린이 수도가 된 건 기적이었다. 독일인들은 히틀러의 잔상이 덕지덕지 묻어 있는 이 도시를 그리 달가워하지 않았다. 프로이센 제국의 잔재에 몸서리를 쳤다. 하지만 독일 헌법에, 통일이 되면 베를린을 수도로 해야 한다는 내용이 명시되어 있었다. 결국 연방하원 의원의 투표를 통해 근소한 차로 베를린이 통일정부의 수도로 결정되었다. 그래서인지 수도가 갖는 위엄보다는 외부에서 데려온 혼외자식 같은 인상이 강했다.

사실 베를린 장벽은 어이없게 무너졌다. 통일의 시발점이 된 장벽 붕괴에는 다양한 요인이 있다. 라이프치히에서 시작된 촛불 기도회, 헝가리의 국경 개방, 고르바초프의 개혁 정책 등 굵직한 역

안녕, 홍이

사적 흐름들이 그 배경이었다. 그러나 결정적인 순간을 만든 것은 한 사람이 의도 없이 뱉은 단 한마디였다.

동독의 여행자유화 관련 기자회견장에서였다. 막 휴가를 마치고 돌아온 동독 공산당 정치국 대변인 귄터 샤보프스키에게 이탈리아 기자가 불쑥 질문을 던졌다.

"언제부터 발효되나요?"

귄터는 크게 생각할 것도 없이 문서를 뒤적이다 답변했다.

"sofort, unverzüglich(지체없이, 신속하게)"

이 한마디는 실수였다. 원래 새 규정은 다음 날부터 단계적으로 시행될 예정이었고, 구체적인 절차와 통제 방식도 아직 정리되지 않은 상태였다. 그러나 '즉시'라는 단어는 생방송으로 동독 전역에 송출되었고, 서독 언론과 외신을 통해 순식간에 전 세계로 퍼져 나갔다.

보도가 나가자, 베를린 시민들이 요동쳤다. 먼저 서독 사람들이 뛰어나갔고, 이어 동독인들이 장벽 앞으로 전진했다. 어마어마한 인파가 몰리자 당국에서도 어찌할 수 없었다. 결국 장벽의 둑은 터졌다. 한 개인의 단순한 언어와 오해해서 쓴 기사가 역사의 획을 긋는 사건을 만들었다. 나중에 귄터는 말실수에 대한 후회와 책임감 때문에 시달렸고, 2015년 눈을 감았다.

이렇듯 사소하게 보이는 것들이 삶을 바꾸는 모태가 된다. 현자는 자신의 인생에서도 이제 무거운 것을 밀치고 가볍고 경쾌한 것이 다가오길 바랐다. 생각보다 은수는 일상으로 금세 돌아가는 것 같았다. 현자는 아무 일도 일어나지 않았던 것처럼 내색하지 않았다. 무엇보다 자신이 생모가 아닌 것에 대해 은수가 상처를 표현할 줄 알았다. 그런데 생각보다 은수는 담담한 듯 보였다. 자신의 아빠에 대해서 묻지 않은 것이 신기했지만, 묻지 않는데 굳이 말할 필요는 없었다.

베를린에 이사 온 기념으로, 현자는 은수와 함께 바다가 있는 도시 리스본으로 여행을 떠났다. 비행기로 3시간 정도 걸리는 거리였다. 여행 짐은 간소했다. 현자는 여행을 떠날 때 옷 한두 벌과 속옷, 세면도구만 챙긴다. 여행지에서 삶을 마감하게 된다면, 언제든 가볍게 떠나고 싶었다. 현자는 늘 바다가 그리웠다. 바다는 자신의 고향 초분골 앞바다에서 살았던 어머니와의 추억을 떠올리게 했다. 간호학교 입학을 위해 도시에 살게 되었지만, 현자의 고향은 언제나 시골 바다였다. 그래서인지 독일에 와서 바다 근처만 가도 고향에 온 것처럼 마음이 푸근했다. 바다가 보이는 테주강은 현자에게 어머니의 품처럼 넓고 따스했다.

리스본은 은수도 좋아했다. 대서양으로 질주했던 항해사의 나라 포르투갈의 포부가 느껴졌다. 현자는 도시를 품는 테주강이 처음엔 바다인 줄 알았다. 강은 흰 포말을 일으키며 파도를 몰고 왔다. 방파제에 사정없이 부딪히는 파도가 기특할 정도로 인상적이었다. 강이 이 정도의 파도를 일으키는데, 정작 바다에서 쓰나미가 오면

안녕, 홍이

무방비 상태가 되지 않을까. 그러고 보니 테주강 주변 푯말에 '쓰나미 발생시 도피 장소는 650미터 가까이 있음'이라고 쓰여 있었다. 대지진이 있었던 도시라 언제나 위험이 도사리고 있었지만, 그럼에도 이 순간만큼은 평온하자는 듯 시민들의 표정은 온화했다. 테주강 옆에서 누군가가 기타를 치며 'Imagine'을 불렀다. 마치 바람에 목소리를 실은 듯 부드럽게 밀려왔다. 현자는 '우리 밑에 지옥이 없고 오직 위에 하늘만 있다'는 노랫말을 들으며 자신도 모르게 두 손을 모았다.

현자와 은수는 거리 악사의 노랫소리를 뒤로 하고 트램에 올랐다. 트램에는 연인으로 보이는 젊은 남녀가 앉아 있었다. 여자는 남자의 어깨에 살포시 고개를 얹었다. 무슨 연유에서인지 여자의 어깨가 조금씩 들썩였다. 남자는 자신의 주머니에서 손수건을 꺼내 여자의 눈물을 닦아 주었다.

언젠가 어느 여행 기자가 쓴 책에서 읽은 포르투갈의 풍습이 생각났다. 옛 포르투갈 땅의 미뉴 지방에는 연인들의 문화가 있다. 혼기 찬 여성이 면이나 린넨 천에 수를 놓아 사랑하는 남자에게 선물한다. 그 당시에는 여성의 노골적인 선물은 '은근하게' 표시해야만 했다. 호감 있는 두 남녀가 썸을 탈 때, 처녀는 일부러 자기 집 창가에서 연인의 손수건에 수를 놓았다. 남자가 그것을 보고는 여자에게 고백을 한다. 물론 손수건은 미혼 남녀만 이용한 건 아니고, 기혼 여성도 기념일에 남편에게 마음의 징표로 선물했다고 한다.

　현자는 젊은 남녀의 손수건을 본 순간, 호롱불 아래에서 바느질하던 어머니의 모습이 떠올랐다. 어머니는 전장에 나가는 아버지를 위해 하얀 천에 수를 놓았다. 아버지는 손수건을 흔들며 떠났고, 전쟁터에서 수호천사처럼 품 안에 안고 있었을 것이다. 옆 좌석에 앉은 은수는 창밖 풍경을 바라보느라 여념이 없었다. 가끔 어떤 광경에 꽂혔는지 입가에 미소까지 지었다. 트램이 달리는 동안, 모녀는 각자의 상념 속에 잠겼다.

　리스본은 과거와 현재가 어우러진 낭만의 도시다. 특별한 것은 곳곳의 건물마다 '아줄레주'가 있다는 점이다. 아줄레주는 아랍문명이 이베리아 반도에 전해 준 흔적 중 가장 아름다운 문화유산으로, 진흙에 유약을 입혀 구운 타일이다. 건물의 벽마다 타일들이 붙어 있는데, 여름에는 더위를 막아 주고 겨울에는 습기를 방지해 준다. 여름에 덥고 겨울에 비가 많은 지중해에 딱 알맞은 장식이다. 타일에 새겨진 그림들을 보며 현자는 또다시 어린 시절을 떠올렸다. 현자는 어릴 적 방의 벽면에 그림을 그리곤 했다. 그림이라기보다는 낙서에 가까웠다. 하지만 어머니는 그런 현자를 무조건 칭찬했다.

　현자가 은수의 아빠 종식에게서 호감을 느낀 것도 그가 그림을 그리는 사람이었기 때문이다. 현자에게 종식은 숙명처럼 다가왔다. 그는 광주에 있는 대학에서 서양화를 전공했다. 인쇄소를 경영

144

하는 아버지와 초등교사인 어머니 사이에서 태어났다. 그때만 해도 남부럽지 않은 집안이었다. 하지만 종식이 중학교 때 아버지가 뇌출혈로 갑자기 세상을 떠났고, 그 충격 탓인지 이듬해 어머니도 생을 마감했다. 부모님의 부재는 종식을 또 다른 삶으로 이끌었다. 그는 생계를 위해 영화관의 홍보 포스터를 그리는 화가가 되었다. 고등학교 때부터 화실 청소 아르바이트 일을 하며 그림을 배운 그는 대학 졸업 후에 딱히 직업을 얻지 못하자 영화관 포스터 일로 삶을 이어갔다.

어느 날 종식은 사다리를 타고 그림을 수정하던 중 그만 발을 헛디뎠다. 병원 엑스레이 검사 결과 양발 분쇄 골절이 되었고, 종식은 양쪽에 핀을 박고 수술을 했다. 수술 결과는 좋았다. 며칠 후 병원 생활이 무료해진 종식은 심심함을 달래기 위해 그림을 그리기 시작했다. 처음에는 꽃과 나무를 그리다가 사람을 그렸다. 그때 그의 눈에 들어온 사람이 바로 하얀 제복을 입은 간호사 현자였다. 현자는 병실에 들어올 때마다 그와 시선이 마주쳤다. 그가 그림을 그린다는 것을 알고 무언지 모를 감정에 휩싸였다. 현자는 자신이 가지 못한 길에 서 있는 종식이 내심 부러웠다.

며칠 뒤 종식은 병실에 들어온 현자에게 넌지시 말했다. 뜬금없는 말이었다.

"저는 그림 그릴 때 가슴이 뛰어요."

현자는 무슨 말을 해야 할지 몰랐다.

"좋아하는 사람을 그릴 때는… 더더욱요….”

종식이 더듬거리며 말했다.

현자도 이상하게 마음을 들킨 것처럼 얼굴이 화끈거렸다. 처음 그를 볼 때부터 현자의 마음은 쿵 하고 내려앉았다. 언젠가 꼭 그림 이야기를 듣고 싶다고 생각했다.

어느새 현자의 마음은 종식 곁을 맴돌았다. 그가 보고 싶어 공연히 병실을 더 드나들곤 했다. 하지만 막상 그 앞에서는 표현조차 못 했다. 종식도 마찬가지였다. 억제할 수 없는 어떤 힘이 종식과 현자를 끌어당기고 있었다. 그는 그림을 그리다가도 현자가 들어오면 고개를 들고 씨익 웃었다.

어느 날 종식은 현자에게 무언가를 건넸다. 하얀 백지 위에 연필로 그린 현자의 모습이었다. 도화지 아래에는 ‘사랑, 생명, 빛, 종식으로부터!’라고 쓰여 있었다. 종식은 그림을 건네주고는 수줍게 웃었다.

현자는 글귀를 보고 깜짝 놀랐다. 독일에 온 지 2년 정도 되었을 때였다. 동료 간호사들과 서베를린에 놀러 간 적이 있었다. 통일 전이었지만, 당시에 꽤 많은 한인 간호사들이 서베를린에서 일을 하고 있었다. 하지만 동독의 수도인 동베를린과 접경이라 분위기는 삼엄했다. 그런 탓에 급여에 위험수당이 포함되어 있던 시절이었다.

그때 방문한 곳이 베를린의 랜드마크인 ‘카이저 빌헬름 기념교

안녕, 홍이

회'였다. 이 교회는 제2차 세계 대전 때 폭격 맞은 그대로 보존되어 있다. 전쟁의 흔적을 없애는 것이 아닌, 다음 세대들에게 전쟁의 상처를 알려야 한다는 베를린 시민들의 청원서를 받아들인 결과였다. 현자는 교회 안 뒷부분 후미진 곳에 여인이 아기를 안고 있는 <스탈린그라드의 성모>라는 제목의 그림을 본 적 있었다. 그 옆에는 독일어로 '리베, 레벤, 리히트'라고 쓰여 있었다. '사랑, 생명, 빛'이라는 뜻이다. 제2차 세계 대전 당시 러시아 야전 병원에서 의사이자 화가인 남자가 절망 속에 빠진 동료 군인들을 위해 그려, 병원 복도에 걸어 놓았다가 이곳으로 옮겨 온 것이다. 화가는 안타깝게도 1944년 수용소에서 생을 마감했다.

현자는 종식이 건넨 짧은 글귀가 그와의 운명적인 끈처럼 여겨졌다. 콜럼버스의 달걀처럼 이미 알고 있는 사실이지만 미처 그때는 몰랐던 것을 이제 안 것처럼, 현자에게 종식은 오래전부터 알고 있었던 사람 같았다. 그와 함께 있으면 전혀 다른 세상에서 둘만 남은 것처럼 느껴졌다.

"인류는 글 쓰는 법을 터득하기 훨씬 전부터 그림을 그렸어요. 후기 구석기 시대 그려진 알타미라 동굴벽화만 봐도 그래요. 무한한 내용을 담고 있잖아요. 그림은 태어나는 순간부터 문화에 깊이 관여하고 저항해 왔어요. 그림은 그 단어로부터 스스로를 해방시키기 위해 애쓰죠. 붓으로 그려 낸 문학이에요. 당신을 그린 이 그림이 저의 첫 번째 문학이 되길 바라요."

종식은 아리송한 말을 남기고 자신의 전화번호를 건넸다.

그가 퇴원하자, 현자에게는 병원 전체가 텅 빈 것처럼 허전했다. 도시에 자신만 덩그러니 남겨진 기분이었다. 며칠 후 주체할 수 없는 그리움이 밀려와 현자는 슬며시 전화기를 돌렸다. 전화벨 너머로 그의 목소리가 화창한 봄 햇살처럼 다가왔다.

근무가 없던 날, 현자는 충장로에 있는 음악다방에서 그를 만났다. 남자는 누구에게도 말할 수 없었던 자신의 과거를 조용히 털어 놓았다. 영화 포스터를 그리다 우연히 어떤 여자를 알게 되어 같이 살았지만, 여자는 곧 다른 사랑을 찾아 떠났다고. 그리고 자신에게 남은 것은 핏덩어리였다고. 아기는 사촌 고모에게 맡겨 놓고 자신은 돈을 벌고 있지만, 매일 아기를 보러 간다고 했다.

종식의 과거는 현자에게 실망감을 안겨 주었다. 자신이 겨우 마음을 열었던 남자가 한 번 결혼한 사람이라는 것을 안 순간, 현자는 허망한 기분을 감출 수가 없었다. 그러면서도 한편으로는 구석기 시대도 아닌 지금 그게 무슨 흠일까 생각했다. 그럼에도 과거 따윈 상관없다고 생각하더라도 덥석 그에게 다가갈 순 없었다.

잠시 침묵이 흘렀다.

종식이 다시 입을 열었다.

“그런데 얼마 전 여자 소식을 알게 되었어요.”

“네.”

“아기의 엄마였으니까요.”

안녕, 홍이

“…”

“마음이 복잡했어요.”

“아기 엄마도 독하네요. 어떻게 갓난아기를 두고 떠나요?”

현자는 자기도 모르게 화가 나서 목울대가 떨렸다.

“한때 사랑해서 아기도 낳았을 텐데 화가 나지 않나요?”

“…”

“종식 씨! 화가 나지 않냐고요?”

현자는 소리를 높였다. 사실은 종식에게 화가 난 거였다.

“최근에 알게 되었는데, 아기 엄마는 이 세상 사람이 아니더군요. 삶이 허무했어요. 떠난 여자에 대해 분노하며 자괴감에 빠졌던 시간이 의미가 없어졌어요. 정신을 차리고 보니 그녀가 남긴 선물이 있더라고요. 바로 은수예요.”

종식은 살아야 할 이유를 은수에게서 찾았다. 아이의 미래를 위해 열심히 돈을 벌고 싶었다. 영화 포스터를 그렸고, 쉬는 날이면 막노동을 했다. 그리고 가진 돈을 사촌 고모에게 양육비로 보냈다. 그의 솔직하고 진지한 고백은 그를 떠날 수 없게 했다. 현자는 엄마 없이 남겨진 아기가 불쌍해서 견딜 수 없었다. 나르시스가 우물에 비친 자신의 모습을 보고 울었다고 했던 것처럼, 은수가 마치 어머니 없이 홀로 남은 자신 같아서 측은하게 느껴졌다.

1980년 1월이었다. 그날은 눈보라가 거세게 몰아쳤다. 현자는 종식과 함께 아기의 목에 목도리를 친친 감고 택시를 잡아타고는 자신의 집으로 데려왔다. 두 사람은 남은 생을 함께하기로 약속했다. 현자는 애정 어린 마음으로 은수를 자신의 아기처럼 보살폈다. 어머니가 돌아가시고 가족이 없어진 현자에게 종식과 은수는 신이 내린 선물 같았다.

이제 새로운 가족으로 행복할 일만 남은 것 같았다. 종식은 열심히 그림을 그렸고, 현자는 간호사 일에 몰두했다. 퇴근 후에는 종식과의 사랑에 행복해서 울었고, 어린 은수의 재롱에 마음껏 웃었다. 자신의 아기를 낳고 싶었지만, 더 돈을 번 후에 낳아도 늦지 않을 것이라고 생각했다. 그들의 하루하루는 평온하기 이를 데 없었다. 종식은 그림을 그리며 온전한 평안을 느꼈다. 현자는 열어 놓은 창가 바람에 머릿결이 흩날리는데도 아랑곳하지 않고 그림을 그리는 그의 모습이 사랑스러웠다. 하지만 모든 것은 찰나의 시간처럼 짧았다. 불행은 겨울 태풍처럼 급하게 불어닥쳤다.

1980년 5월의 어느 날이었다. 도시는 태풍의 눈처럼 고요했다가 어느 날부터 거세게 요동을 쳤다. 그날도 현자는 어김없이 병원으로 발길을 향했다. 도시 곳곳에 전쟁의 포화 소리가 들려왔다. 거리는 조각난 것처럼 갈기갈기 찢어지고 낭자한 피로 뒤덮였다. 계엄의 총부리에 피를 흘린 시민들이 병원에 실려 왔다.

원래도 죽음과 멀지 않은 병원이었다. 하지만 이제는 죽음보다 더한 깊은 고통이 자리했다. 죽음이 흔하게 넘실거려서 절망감조차 사치처럼 여겨졌다. 도시는 그야말로 아비규환이었다. 호흡을

안녕, 홍이

빼앗으려 발악하는 검은 영혼들로 넘쳐났다. 들것에 실려 응급실로 들어온 환자는 삶과 죽음 사이에서 거친 줄다리기를 하고 있었다. 그때 현자는 못 볼 것을 보고 말았다. 숨을 헐떡거리며 마지막 숨을 남겨 놓은 남자, 종식!

아, 바로 현자의 남자였다.

그날 아침, 출근하는 현자를 두 팔로 번쩍 안아 주며 볼을 부벼 대던 그 남자. 그가 지금 눈알이 하얗게 뒤집힌 채로 죽음 앞에서 처절하게 싸우고 있었다. 어깨까지 들썩이며 마지막 숨을 쥐어짜는 그를 차마 볼 수가 없었다. 현자는 두 손으로 얼굴을 감싸쥐고 병원 밖으로 뛰어나갔다. 그의 처참한 마지막을 차마 지켜볼 수 없었다. 죽음을 향해 얕고 빠르게 움직이는 그의 목울대를 보는 것은 아침에 그가 준 환한 미소를 잊게 만들 만큼 무서운 위력이었다.

사건은 금남로 인근 화실에서 시위대 선전조로 포스터를 도와주던 그가 집으로 가던 길에 일어났다. 종식은 계엄군이 조준한 총에 맞았다. 당시 계엄군이 병원을 포위하고 발포할 정도였으니 거리의 사람들에게 총부리를 대는 것은 예외가 아니었다. 잔인하게 때리고 죽이는 살상의 시간이었다. 계엄군을 포악한 짐승이 되게 하는 약을 먹이고 출동시켰다는 등, 계엄군이 임산부의 배를 갈랐다는 등 흉흉한 말이 도시에 나돌았다. 그 말들은 혹은 진실, 혹은 거짓이기도 했다. 총상에 맞아 죽은 시체들은 얼굴을 확인할 수가 없을 정도로 끔찍했다. 시체 옆에 구겨진 신발과 옷, 누군가에게서 떨어져 나간 이빨, 낭자한 덩어리 피들, 누군가 차고 있던 시계와 모자 등이 있었다. 죽은 여자아이의 머리에 푸른색의 옥비녀 모양의 머리핀이 달려 있었다. 소녀가 살아 있었다면 부모님과 함께 저녁밥을 먹고 있을 시간이었다. 현자가 근무하는 병원은 그야말로 야전 병원 그 자체였다. 현자는 살벌한 전쟁터에서 환자들을 돌봐야 했다.

현자는 독일에서 은수와 지낼 때, 광주에서 일했던 병원 생활을 들려주었다.

"난 독일에서 힘들 때마다 광주를 떠올렸단다. 병원은 아비규환이었어. 다행인지 불행인지 헌혈하는 사람들로 피가 모자라지 않을 정도였어. 병원 현관에서부터 길게 줄을 설 정도였지. 은수 네 또래의 십 대 여학생도 왔단다. 얼른 수혈하고 보냈는데, 글쎄, 몇 시간도 못 되어 시체가 되어 돌아왔지. 너무 허무해서 도망치고 싶었어. 삶과 죽음이 찰나였어. 팔뚝에 헌혈한 주사 바늘 자국이 채 아물기도 전에 그 어린애가 죽어서 왔으니 너무 슬퍼서 집에 돌아와서도 잠을 이루지 못했지."

종식을 제대로 보낼 수도, 애도할 사이도 없이 그렇게 시간은 흘렀다. 빛고을은 가장 참혹한 어둠의 고을로 변했다. 도시는 마치 괴물이 한바탕 휘젓고 간 것 같았다. 얼마 후 소요는 끝났다. 하지만 사랑하는 종식은 이미 죽음의 강을 건넌 후였다.

'생명, 사랑, 빛'

현자에게 이 단어는 온기가 사라진 시체에 불과했다. 그렇게 갈망했던 문학이니, 미술이니, 인생이니 따위는 사치가 되고 말았다. 인생은 삶과 죽음이라는 두 단어만 존재했다. 울음이 가뭄의 땅처럼 메말라 버렸다. 종식은 그렇게 불꽃같이 그림을 그리다 갔다.

하지만 남겨진 것은 멈춰버린 그림이 아닌, 움직이는 핏덩어리 은수였다. 현자는 은수를 껴안고 종식의 냄새를 맡으려 킁킁거렸다. 아장아장 걷기 시작한 은수는 현자를 보며 해맑게 웃었다.

"엄~마!"

"내 딸 은수, 그리고 종식 씨!"

도시에 평화가 찾아왔지만, 깊은 상처가 할퀴고 간 사람들에게 치유는 기대할 수 없었다. 소중한 것을 잃어버린 이에게는 주변의 고요함은 오히려 공포이자 절망이다. 언제든지 다시 올 것 같은 불안함이다. 한국 전쟁을 겪은 지 30년, 시민들은 또다시 전쟁의 두려움에 몸서리를 쳤다.

현자는 은수 앞에서 마음껏 울 수도 없었다. 살아야 해! 이를 악물었다. 하지만 가슴 밑바닥에서는 분노가 치밀어 올랐다. 음악다방에서 종식이 고백했던 말이 자꾸만 귓전을 울렸다. 그의 눈빛, 그의 말투, 웃을 때 올라가는 입꼬리까지 그 모든 게 생각났다. 근심과 불안, 미래에 대한 절망, 삶에 대한 두려움, 마음에서 끓어오르는 감정들 중 그 어느 것 하나라도 딱 끄집어낼 수가 없었다. 그때 종식의 말이 떠올랐다.

"가장 아름답고 빛나는 별을 보기 위해서는 가장 깊은 어둠 속으로 걸어가야 한다네요. 우리 둘 다 힘든 시간이었지만, 그 깊숙한 어둠에서 서로를 끌어 올려 봐요."

어쩌면 종식은 가장 숭고한 것을 위해 깊고도 짧은 생의 행복을 누렸는지 모른다. 현자는 더 이상 마음의 폐허를 목격한 한국 땅에서 살고 싶지 않았다. 그때 얼마 전 독일로 오라는 간호사 친구 덕심의 편지가 생각났다.

"현자야, 어떻게 지내니? 나는 네가 궁금해서 미칠 것 같아. 여기에는 너를 위한 병원 일자리도 있어. 힘들면 언제든 독일로 와."

그때는 종식과 함께 산다는 이야기를 털어놓지 않은 상태였다. 일 년 만에 많은 일들이 일어났기 때문에 상황을 이야기할 겨를도 없었다. 현자는 독일에 편지를 보냈다. 지금의 상황과 자신의 지나온 시간들을 담담하게 썼다. 얼마 후 답장이 왔다.

"네 편지를 읽고 얼마나 울었는지 몰라. 어쩜, 그렇게 많은 일을 겪었는데 소식을 전해 주지 않은 거니? 그동안 무심했던 내가 미안하다. 네가 사는 도시에서 계엄군들이 사람을 죽이고 난리가 났다고 독일 방송에서 보도가 나왔어. 미친 놈들이 다시 전쟁하고 싶어서 난리구나, 했지. 나도 나라 꼴을 생각하면 한국에 돌아가고 싶지 않아. 네가 근무했던 이곳 독일 병원에 아마 자리가 있을 거야. 병원 수간호사에게 말해 놓을게. 사실 나는 베를린에 있는 병원에 자리를 알아볼 생각이야. 장벽이 있어 위험지역이지만 수당도 있고 괜찮을 것 같아.

안녕, 홍이

나는 이제 독일어도 잘 들리고 조금 살 만해. 독일에서 계속 살 거야.”

여전히 같은 병원에서 일하고 있었던 수간호사 마야도 현자의 독일행을 적극 환영한다고 하자, 현자는 독일로 가고 싶다는 생각이 간절했다. 더 이상 머무를 이유도 없었다. 어머니의 병환으로 돌아왔지만, 이제 정을 붙일 만한 존재도 없다. 그나마 사랑했던 종식도 군화에 짓밟혔다. 현자의 몸은 그렇게 낡은 양말처럼 축 늘어진 상태였다.

하지만 삶의 무게가 남아 있었다. 서종식의 딸 서은수. 신은 그 짧은 시간에 인연을 만들고 은수라는 생명을 안겨 주었다. 선물일 수 있고, 악연일 수 있다. 하지만 아무리 생각해도 이 순간은 은수 곁에 있고 싶었다, 아니 있어야 했다. 지금 떠나는 것은 도피였다.

결국 현자는 다시 머물기로 했다. 은수가 너무 어렸고, 자신 또한 어느 정도 마음의 상처에 딱지가 생길 때쯤 떠나도 늦지 않을 것 같았다. 인생에서 죽음은 피할 수 없지만, 남아 있는 사람들이 쉽게 감당할 수 있는 건 아니다. 먼저 간 사람에 의해 끊어진 실이 만든 공백 때문이다. 현자는 과거와 현재, 미래로 이어진 실들 사이에 벌어진 공백을 메울 필요가 있었다. 그렇게 현자는 몇 년을 종식의 아이, 은수와 살게 되었다.

은수가 다섯 살이 될 무렵, 현자는 독일에 가기로 결심했다. 근무처는 자신이 처음 독일에 갔을 때 일했던 K시에 있는 병원이었다. 현자는 왜 자신이 계속 독일로 가고 싶어 하는지 이유를 알 수 없었다. 이루어지지 않은 첫사랑이 아련하게 남는 미완성의 자이가르니크 효과일까? 급하게 고국으로 돌아올 수밖에 없었던 아쉬웠던 과거의 시간을 다시 채워보고 싶었는지도 모른다.

하지만 어린 은수를 데리고 떠날 순 없었다. 독일을 떠난 지 십 년 이상이 지났기에 그간의 상황을 파악하기가 쉽지 않았다. 먼저 자리를 잡고 은수를 데려오고 싶었다. 다행히 종식의 사촌 고모가 다시 은수를 키워 주기로 했다. 현자는 양육비를 꼬박꼬박 보내기로 약속했다. 자신이 낳은 딸은 아니지만 종식에 대한 예의였고, 현자 자신과의 약속이었다.

독일에 다시 온 현자는 이상하게 처음 왔을 때보다 더 지치고 힘들었다. 알 수 없는 공허감이 밀려왔다. 그날도 퇴근 후 얇은 옷만 걸친 채 침대에 쓰러졌다. 침대 한쪽에는 아무렇게나 던져 놓은 외투와 셔츠가 뒤엉켜 있었다. 마치 자신의 인생 같았다. 가만히 위를 쳐다보았다. 천장 모서리에 오랫동안 털어 내지 못한 거미줄이 엉켜 있었다. 홀로 있는 외로움이 밀려왔다. 몸은 물에 잠긴 스펀지처럼 가라앉았다. 피곤함이 엄습했다.

며칠 전 생을 마감한 노인 환자의 얼굴이 이날 네 번이나 생각이 났던 터였다. 현자에게 입에 담지 못할 욕을 해댔던 노인이었다. 그 노인을 생각하자, 갑자기 욕이라도 퍼붓고 싶었다. 하지만 그는 이제 이 세상 사람이 아니었다. 노인은 '늙은 카프카'라는 별명을 지닌 체코계 독일인이었다. 아마도 누군가 체코 태생인 카프카를 빗대어 말한 건지 모른다. 입퇴원을 반복했던 그는 병원의 단골 고객이었다. 입원할 때마다 이제 삶을 놓고 싶다고 말했다. '하루는 신이 내린 선물'이라고 한다면 화를 버럭 낼 기세였다. 그는 날마다의 선물을 역정을 내며 밀어냈다가, 날마다 죽음의 두려움으로 몸서리쳤다.

죽음이 임박해 의식이 없는 환자에게는 고통도 하찮은 것이 된다. 의식이 충만한 상태에서만이 고통을 치열하게 체험하고 몸서리친다. 노인에겐 삶도, 죽음도 부질없어 보였다. 현자에게는 남을 돌아볼 여유가 없었다. 그래서 굳이 노인을 이해하려고 하지 않았다. 남을 이해한다는 것은 수많은 에너지를 필요로 했다. 다음 날, 노인의 병실에 들어섰을 때였다. 가래가 잔뜩 낀 그의 목소리에서 이미 생의 마지막이 전해졌다.

"커튼을 누가 열어 놨어? 그러니까 자꾸만 악마가 들어오지!"

병실 커튼은 태양 한 줌도 용납하지 않을 태세로 길게 드리워져 있었다. 마치 굳게 다문 여자의 입술 같았다. 그런데도 노인은 창문에서 무언가 본 듯 계속 소리를 질렀다. 의학적으로 섬망증세였다. 그의 눈에는 커튼이 활짝 열린 상태로 누군가 꾸역꾸역 들어온 것처럼 보인 듯했다. 현자는 처음으로 노인이 불쌍하다고 생각했다. 그의 손을 잡아 자신의 가슴에 대었다. 썩은 나무뿌리 같은 육신에 젊은 사람의 온기를 느끼게 해 주고 싶었다. 노인은 희미한 미소를 띠며 자신의 손을 현자의 가슴 위에 그대로 두었다. 현자는 노인의 마지막을 동행하며 그에게 마지막 따스함이라도 전해 주고 싶었다. 늙은 카프카는 알 수 없는 미소를 띤 채 다시 오지 못할 먼 세상으로 갔다. 병원 동료들은 더 이상 욕을 듣지 않아도 되어서 홀가분해진 것 같다고 수군거렸다. 생명을 다루는 일을 업으로 하는 이들에겐 가끔 죽음은 더 이상 낯설지 않게 느껴지는 모양이었다. 마치 오랫동안 입어서 해진 옷을 버리는 것처럼 마음이 가벼운 것일까. 다른 날이 되면 어김없이 새로운 죽음과 맞닥뜨리는 게 간호사의 일상인 것 같았다. 현자는 늙은 카프카에게 행했던 의식이 그를 위한 마지막 선물이었다고 생각했다.

현자는 며칠 병가를 내고 한동안 집에 머물렀다. 자신의 인생이 하찮게 느껴졌다. 오랜만에 공원으로 산책을 나갔다. 젊은 독일인 엄마가 아기를 유모차에 태우고 일곱 살 가량의 아이와 걷고 있었다. 꼬마 아이를 보자 은수 생각이 났다. 그 아이의 손에 쥔 바비 인형이 눈에 들어왔다. 곧바로 장난감 매장으로 달려갔다. 그리고 인형을 포장해 그 위에 은수의 이름을 써서 한국으로 보냈다. 은수의 외로움이 느껴져서 바비 인형이라도 곁이 되어 주길 바래서였다.

시간이 흘러 현자의 독일 생활도 이제 적응이 되었다. 한국에서 온 편지에는 제법 소녀티가 난 은수의 사진도 함께 들어 있었다. 은수의 모습을 볼 때마다 이상하게도 외로움이 밀려왔다.

어느 날 퇴근 후 현자는 물에 젖은 스펀지마냥 늘어진 몸으로 침대에 누웠다.

'그냥 그렇게 하라니까. 쳐! 그냥 마구 내리치라구!'

누군가 현자의 귀에 거칠게 소리를 질렀다. 커튼 사이로 빛줄기 하나가 새어들었다. 현자는 잽싸게 커튼을 닫고 부엌으로 달려갔다. 날카로운 칼이었다. 자신을 구원해 줄 것만 같았다. 사방이 어두웠다. 어둠이 현자의 마음을 감쌌다. 분명 몽환의 상태는 아니었다. 둔탁한 소리가 이어지고, 현자는 손목에 칼을 그었다. 갑자기 정적이 흘렀다.

'다 이루었다.'

어떤 동료 간호사가 '네 삶의 문제를 해결하겠다'고 데려간 독일 교회에서 얼핏 읽었던 것 같다. 십자가에 매달린 예수의 목소리가 들렸다. 창문 밖에서 어느새 빛이 들어왔다. 빛 사이로 희미한 소리가 났고, 문을 여는 소리가 들렸다. 누군가 그녀의 팔을 잡고 울고 있었다.

'딸아! 주어진 시간이 다하기까지 너는 죽지 않는단다. 죽는 것은 때가 있어.'

젊고 건강한 어머니는 피가 뚝뚝 떨어지는 현자의 팔을 안고 능숙한 의사처럼 재빨리 끊어진 팔을 잇고 있었다. 비스듬히 보이는 창문 틈으로, 태양 속에서 빛나는 아버지의 모습이 보였다. 현자는 벌떡 일어나 곧바로 밖으로 내달렸다.

'은수를 데려와야 해!'

이후 현자는 병원에서 3주의 휴가를 얻어 한국을 방문했다. 은수의 커 가는 모습을 실제로 보고 싶었다. 중학교에 입학한 은수는 현자보다 키가 더 컸다.

"은수, 많이 컸구나!"

"엄마?"

현자는 '엄마'라는 말에 흠칫 놀랐다. 생전 처음 들어 보는 호칭 같아 낯설었다. 하지만 이상하게 그 말은 마음을 들뜨게 했다. 조만간 은수를 독일로 데리고 와야겠다고 생각을 하니 기분이 좋아졌다.

한국에 잠시 머무는 동안, 현자는 은수와 함께 종식이 좋아했던 화가 김환기의 미술관을 방문했다. 종식은 비록 생활을 위해 영화관 포스터를 그렸지만, 언젠가 여건이 나아지면 김환기처럼 자신의 철학이 담긴 그림을 그리고 싶어 했다. 현자도 김환기의 그림이 마음에 들었다. 특히 전남 신안의 섬에서 태어난 화가가 고향을 매개로 그린 섬과 바다, 구름은 현자에게 고향 초분골을 떠올리게 했다. 마침 환기미술관이 서울 부암동에 막 오픈한 때였다.

사실 현자는 화가도 좋았지만, 그의 아내 김향안의 이야기에 관심이 더 갔다. 경성여자고등보통학교(현 경기여고)를 졸업하고 이화여대 영문과 출신의 글을 쓰는 여자 향안. 원래 이름은 변동림이었다. 그녀는 스무 살에 천재 시인 이상과 결혼했지만, 그가 몇 개월 만에 결핵으로 세상을 뜨는 바람에 젊은 나이에 혼자가 되었다. 이후 김환기를 만나 사랑에 빠져 결혼에 이르렀다. 인생에 두 명의 천재와 부부의 연을 맺은 그녀. 애 셋 딸린 김환기와 결혼한 후에는 이름까지 개명했다.

그녀는 "사랑은 믿음이고 내가 낳아야만 자식인가요?"라는 말을 했는데, 그 말은 묘하게 현자의 마음에 콕 박혔다. 그녀는 환기의 성인 '김'과 환기의 아호인 '향안'을 얻어, 김향안으로 다시 태어났다. 사랑하는 사람의 이름을 통해 온전히 사랑하는 사람의 영혼 속으로 들어간, 진정 아름답고 행복한 결실이었다. 현자도 할 수만 있다면 종식의 이름을 빌리고 싶었다. 김향안이 쓴, 떠나버린 남편을 향한 절절한 사랑의 글에 마음이 갔다. 향안은 김환기가 없는 세상을 두고 '우주가 텅 빈 것 같다'고 고백했다. 아무것도 맛있는 게 없고, 남편이 죽은 것이 실감나지 않는다고 했다. 그 고백이 꼭 종식을 향한 자신의 마음 같아서 더 눈물이 났다. 은수는 엄마를 따라 미술관에 오긴 했지만, 왜 그녀가 그림을 보고 우는지 종잡을 수가 없었다.

종식을 향한 현자의 마음은 이성적 감정에 더해 동지애도 있었다. 현자 자신이 이루지 못한 화가의 길을 걷는 종식에 대한 존경과 호의였다. 그의 재능을 지켜주는 방법은 간호사로 일하며 물질적으로 지원하는 것이었다. 종식을 만나기 전 현자는 깊은 절망 속에 있었다. 어머니마저 세상을 떠나자 모든 것을 잃은 사람처럼 기운을 잃었다. 아무 의욕도 없었다. 그때까지도 현자는 어머니의 과거와 현재의 슬픔을 알려고 하지 않았다. 그냥 사람은 살아가는 줄 알았다. 하지만 종식을 떠나 보낸 후 깨달았다. 그저 살아온 삶이 아니라 읽히는 삶, 해석하는 삶만이 인간을 살게 한다는 것을.

현자는 사랑하는 어머니와 종식을 차례로 떠나보내면서 삶이 기적이었다는 것을 다시 알았다. 어머니가 그 숱한 고통과 어려움을 견뎌냈기에 자신도 인생의 힘든 순간에 어머니를 떠올리며 이겨낼 수 있었다고 생각했다. 현자는 이미 가버린 어머니를 향해 울부짖었다. '이 길을 함께 걸어가자'고. 어머니는 이미 다른 세계에 존재하지만 제발 자신의 인생에 동행해 달라고 빌었다. 만약 어머니가 오래전 어린 현자를 버리고 죽었다면 현자는 인생에 불행만이 전부일 거라고 생각하며 성장했을 것이다.

지금 현자가 웃음 지으며 다시 살아갈 동력을 갖게 된 것은 어머니 홍이 덕분이었다. 종식도 쓸쓸한 사람이었다. 그도, 현자도 같은 십자가를 진 생애의 비운아였다. 하지만 그가 사다리에서 떨어진 것은 어쩌면 그에게 가장 큰 행운이지 않았을까. 그는 병원에 입원한 그 순간이 자신 인생의 화양연화였다고 말할 정도였다. 현자는 금방이라도 종식이 "현자 씨" 하고 가지런한 치아를 드러내며 활짝 미소를 지어 보일 것만 같았다. 현관문을 열면 와락 자신을 껴안아 줄 것만 같았다.

은수는 예쁘고 건강한 아이로 자랐다. 종식을 닮아 그림을 곧잘 그렸다. 벽에 그림을 그리며 노는 통에 현자가 다시 벽지를 붙이려

안녕, 홍이

다 포기하곤 했다. 은수는 또 다른 거울처럼 현자의 어린 시절을 닮아 있었다. 먼 미래에 지나온 자리를 돌아보면 남은 것 하나 없이 찬 바람만 불게 될지라도, 은수가 함께 있다면 그런대로 괜찮을 거라고 자위했다. 하루아침에 상처를 털어 낼 수는 없지만, 조금씩 시간이 흐르다 보면 나을 것이라고. 현자는 힘들 때마다 종식이 그려 준 자신의 초상화를 들여다보았다. 하얀 도화지 위에 간호사 제복을 입고 웃고 있는 현자는 발랄하고 행복한 여자였다.

현자는 혹여 은수가 고모 집에서 눈칫밥을 먹고 사는 건 아닌지 걱정되었다. 더 늦기 전에 독일에서 은수와 살아야겠다고 생각했다. 은수에게 가장 좋은 환경을 주기 위해 천천히 준비하기로 했다.

독일 가기 전 짐을 정리하면서 어머니의 유품 상자를 열었다. 옥비녀는 엄마가 가장 아끼는 물건이었다. 어머니의 청춘과 삶의 여정이 옥비녀 속에 고스란히 담겨 있었다. 그날 밤 아버지와 어머니 생각을 하며 잠이 들었다. 어디선가 바람결에 기억이 밀려왔다. 아주 천천히 꼭꼭 씹은 음식처럼 조용하고 명징하게 다가온 그리움이었다. 창호지 문틈 사이로 희미한 불빛이 새어 나왔다. 희미한 불빛 아래 젊은 어머니 홍이와 젊은 아버지 태구의 모습이 보였다.

＊＊＊

어두운 밤, 호롱불 아래 홍이는 달꽃처럼 아름다웠다. 빛나는 머리카락을 옥비녀에 고정시킨 채 바느질 하는 홍이의 모습은 은은하고 고즈넉했다. 홍이는 여염집 마님처럼 삼단 머리채를 빗고 동백기름으로 머리를 쓰다듬었다. 머리카락 한 올도 흐트러지지 않은 매무새가 단아한 아름다움을 고스란히 담아냈다. 태구는 이제 바랄 게 없었다. 어릴 때부터 좋아했던 홍이가 자신의 아내가 된 것이다. 그 사실이 믿어지지 않아 손등과 뺨을 살짝 때렸다. 방바닥에 벌렁 드러누워 홍이를 올려다보았다. 힘든 농사일로 몸은 지쳤지만, 마음은 구름 위를 날아가는 듯 가벼웠다. 이제 제법 봉긋해진 홍이의 배가 치마 사이로 윤곽이 드러났다.

문득 혼인식 날이 떠올랐다. 보통 결혼한 날 밤이면 신부의 연지 곤지를 떼어내야 하는데, 태구는 먼저 홍이의 옷을 벗기려고 달려들었다. 옛말에 여자는 결혼할 때가 가장 예뻐서 귀신이 시샘을 해 일부러 못생기게 만들려고 연지 곤지를 했다고 한다. 연지 곤지를 떼어내고, 족두리를 벗기고, 그다음에 옷을 벗기는 게 순서였다. 그것도 버선부터 벗겨야 한다. 사람의 몸에서 가장 더러운 곳이 발인데, 혼례를 치르느라 지저분해진 버선을 먼저 벗기는 게 첫 번째 일이었다. 문지방에서 들여다보던 동네 사람들이 "저고리보다 버선부터 벗겨야지!"라고 소리치자, 그때서야 태구는 허겁지겁 홍이의 버선을 벗겼다. 태구는 홍이의 자그마한 발을 만지면서 생각했다. '홍이의 힘들었던 과거까지도 사랑할 거'라고. 그렇게 다짐하고 다짐했다.

혼인을 한 후 매일 아내를 마주한 기쁨은 이루 말할 수 없었다. 가난했지만 열심히 일하면 처자식 밥을 굶기지 않을 자신이 있었다. 그 험한 징용에서도 살아남았는데 두려울 게 없는 태구였다. 태구는 겨우내 먹을 고구마를 수확해 방 한 켠에 가득 쌓아 놓고 배시시 웃음을 흘렸다. 다시 홍이를 바라보며 웃다가 그만 침을 질질 흘리고 말았다. 옆에 있던 홍이가 웃으며 하얀 손수건으로 슬며시 태구의 입을 닦아 주었다.

홍이는 남편 태구가 자랑스러웠다. 태구는 마을에서 가장 필체가 좋았다. 동네에서 잘 안 풀리는 일도 태구가 도와주면 척척 결론이 났다. 그런 듬직한 남편이 홍이 앞에서는 영락없는 어린아이가 되었다. 뱃속 아이가 부모의 사랑놀이를 지켜보는 것 같았다. 아이 이름을 무엇으로 할지 벌써 고민이었다. 아들이 태어나면 '현민'(현명한 백성), 딸이 태어나면 '현자'(현명한 여자)로 하기로 했다. 홍이는 아기가 입을 배냇저고리를 만드는 재미에 밤이 새는 줄 몰랐다. 어릴 때부터 똑똑했던 태구를 닮는다면 분명 현명한 아이로 자랄 거라고 생각했다. 태구는 바느질 하는 홍이의 팔을 잡아끌었다.

잠시 후 호롱불이 훅, 하는 입김과 함께 사르르 꺼졌다. 홍이와 태구의 속삭임 속에 밤은 깊어 갔다. 시간이 멈출 수만 있다면 이 순간일 것이라고 두 사람은 생각했다. 하지만 세상에 단 하나 영원한 것은 '영원한 것이 없다'는 것을 아는 그 자체라는 것을, 그들은 그때까지 몰랐다. 그들을 둘러싼 계절이 서서히 막을 내리고 있었다.

　누가 몰고 왔는지 전쟁의 먹구름이 한반도의 하늘을 덮었다. 전쟁은 평범한 젊은이들의 희생을 먹고 자란다. 조태구도 어김없이 전쟁의 부름을 받았다. 홍이의 이름이 새겨진 하얀 손수건을 가슴에 꼭 품었다. 그리고 홍이의 불룩 나온 배를 어루만지며 고개를 숙여 말했다.

　"곧 아기가 태어날 텐데…."

　"오라버니! 금방 돌아올 거잖아요."

　"미역국 끓여 줄 사람이나 있을라나. 장모님도 돌아가시고."

　"오라버니가 끓여 주면 되고, 안 그러면 이웃집 나주댁이 있잖아요."

　"전쟁이 언제 끝날지 모르는데…."

　"미역국 걱정일랑 말고, 그저 무사히만 돌아오세요. 오라버니."

　"알았어. 나 없다고 딴 마음 품으면 안 돼!"

　"이거 손수건이에요. 내 이름 써 놨으니 오라버니야말로 내 생각만 할 거죠?"

　홍이는 손수건을 건네면서 마음이 조여 오는 것을 느꼈다. 태구는 동구밖을 나서며 홍이 이름을 되뇌었다. 홍이가 멀리서 손을 흔들었다.

　'안녕, 나의 홍이!'

　홍이는 날마다 태구의 귀환을 고대하며 두 손을 모았다. 하늘을 쳐다보면 남편의 넉넉한 미소가 생각났다. 그가 '홍이'라고 부르며 지금이라도 마당에 들어설 것 같았다.

한 계절이 지나 딸이 태어났다. 약속했던 것처럼, 이름을 현자라고 지었다. 옆집 나주댁이 탯줄을 끊었고, 미역국을 한 솥 끓여서 가져왔다. 홍이는 남편과 함께 옹알이를 시작한 현자를 함께 본다면 소원이 없겠다고 생각했다.

'현자 아버지! 오라버니, 보고 싶어요!'

하지만 계절이 여러 번 지나도 태구의 소식은 깜깜했다. 소문이 흉흉했다. 인민군이 태구를 북으로 끌고 갔다는 등, 치열한 전쟁터에서 전사했다는 등 확인되지 않은 이야기들이 나돌았다. 누군가는 유엔군과 합세해 진군하다가 전부 몰살당한 부대에 태구도 있었다는 말도 했다.

인민군이 몰려왔고, 어느 순간에는 국군이 왔다. 어느 날 밤은 콩 볶는 소리가 이 산에서 울렸고, 다음 날은 다른 산에서 들려왔다. 아군과 적군이 마을을 사이에 두고 치열하게 산 위에서 총을 쏘아댔다.

태구가 없는 집은 고단했다. 홍이는 전쟁 속에서도 바느질을 해 생계를 유지했다. 홍이의 솜씨는 초분골에서 제일이었다. 여염집 여인들은 홍이에게 이불 만드는 일감을 주곤 했다. 홍이는 이불 천에 나비와 꽃을 기가 막히게 그려 넣곤 했다. 봉황새는 금방이라도 훨훨 날아갈 것같이 생생했다. 현자가 태어난 후 홍이의 손길은 더

바빠졌다. 남편이 돌아오길 고대하며 남부럽지 않게 키우고 싶었다. 현자는 아버지 조태구를 닮아 똑똑하고 글을 잘 썼다.

어느 날, 마을에 우익 청년들이 들이닥쳤다. 그중엔 동네 청년들도 섞여 있었다. 현자네 집 세간이 마당에 내동댕이쳐졌다. 그중 한 명이 홍이에게 다가왔다. 술을 거나하게 마셨는지 눈은 발갰고 목소리는 꼬인 상태였다.

"태구, 그 새끼 북으로 갔지?"

"봉섭 오빠! 현자 아빠는 그런 사람이 아니에요."

"네년도 빨갱이지!"

봉섭은 한 마을에 사는 청년이었다. 홍이를 어릴 때부터 좋아했던 그는 징용 가서 죽은 줄 알았던 태구가 살아 돌아오면서 홍이를 빼앗겼다고 생각했다. 내심 홍이와 결혼한 태구를 못마땅해했다.

다음 날 홍이는 여러 청년들에게 끌려갔다. 홍이는 현자를 잠시 돌봐 달라고 나주댁에게 부탁했다. 며칠 후 돌아온 홍이는 실성한 사람처럼 보였다. 곱던 얼굴에 상처가 생겼다. 동네 사람들은 홍이의 모습을 두고 수군거렸다. 어딘가로 끌려가 수치스럽게 고문을 당했다는 소문도 돌았다. 식민지 시절 일본군들한테 모욕을 당한 여자라는 말도 서슴지 않았다. 내내 침착함을 유지했던 홍이의 일상은 순식간에 무너졌다.

예고 없는 포탄처럼 죽음도 섬광처럼 다가왔다. 설상가상으로 곧이어 날아온 태구의 '전사' 통보는 홍이를 더 깊은 나락으로 밀어

안녕, 홍이

뜨렸다. 그때서야 사람들은 비난의 시선을 거두었다. 홍이는 젊은 나이였지만, 젊음이라고 하기엔 낯빛이 너무 어두웠다. 윤기 나던 머리카락은 점점 시든 풀처럼 늘어졌고, 미소 어린 입가도 축 쳐졌다. 어린 현자만이 껍데기만 덜렁 남은 홍이 곁에서 재롱을 그치지 않았다. 전쟁과 죽음이 후려치던 시절, 어떻게든 살아보려던 홍이는 죽음의 무게가 자꾸만 자신을 끌어당기는 것을 느꼈다.

어느 날, 홍이는 언젠가처럼 다시 산을 올랐다. 수목이 우거진 숲은 마을이 뿜어내는 악취로 가득했다. 마을에는 전쟁의 공포가 여전히 도사렸다. 마을을 미처 떠나지 않은 광기 어린 군복의 남자들은 허둥지둥 시뻘건 눈알을 굴리며 살 궁리를 했다. 주민들은 듬성듬성 돋아난 잎사귀의 바스락거리는 소리에도 가슴을 부여잡았다. 짙은 밤의 어둠과, 희망이라고는 전혀 찾아볼 수 없는 아득함이었다. 세상은 난리 소문으로 흉흉했지만, 자연은 그 속에서도 고요했다. 억겁의 세월을 묵묵히 살아온 방식이었다.

전쟁의 한복판에서 시간은 천천히 흘렀다. 산등성이에 총성이 울리면 어김없이 어느 집에선가는 울음소리가 들려왔다. 잠잠하다고 해서 안전한 건 아니었다. 또 다른 공포를 불러오는 신호였다. 안식을 찾지 못한 마을 사람들은 지나온 시간을 그리워했다. 식민의 삶에 무디어져서가 아닌, 그만큼 고난에 지칠 대로 지친 반응이었다.

홍이는 천천히 숲을 향했다. 마을 앞에 칠성목을 바라보았다. 남편이 수줍게 고백했던 그때가 그리웠다.

"오라버니, 현자 아버지!!"

보고 싶은 사람을 보지 못한다는 것은 사막에 홀로 남겨진 듯한 서늘한 두려움이었다. 오라버니의 이름을 부르고 불렀지만 대답은 없었다. 그가 살아 있기라도 한다면 천 리 길, 만 리 길이라도 달려 찾고 싶었다. 하지만 태구는 이미 하늘의 별이 되어 다른 세계에 살 것이라는 생각이 들자, 홍이는 다시 정신을 차릴 수 있었다.

'살아야 해.'

누군가가 홍이의 귀에 속삭였다.

갑자기 어린 딸 현자의 암팡진 눈이 떠올랐다. 홍이는 마음을 다잡았다. 자신이 삶을 저버리면 어린 핏덩어리 현자는 어떻게 할지 눈앞이 캄캄했다. 터벅터벅 산을 내려왔다. 그날 하루 종일 아무것도 먹지 않고 멍하니 천장만 바라보았다. 눈물 한 방울이 똑 떨어졌다. 어린 현자는 어머니를 꼭 껴안고 소매로 눈가를 닦아 주었다.

"우리 현자, 다 컸네. 흑흑."

홍이는 현자의 얼굴을 와락 끌어안았다.

햇빛이 강하게 내리쬐고 그늘도 없는 한낮에 우물가에서 물을 길었던 사마리아 여자에게 누군가 말을 걸었다. 우물가에서 울고 있는 여자는 모두가 외면한 시간 속에서 홀로 있었다. 그 여자는 죽고 싶었다. 하지만 살기 위해 물을 길으러 왔다. 죽음보다 치열한 것은 사랑받지 못하고 사랑하지 못할 때다. 홍이는 태구의 사랑을 떠올리며 죽음보다 더한 사랑을 받았던 것을 깨달았다. 그리고 딸 현자를 위해 다시 일어섰다. 청년들에게 끌려갔다 온 후부터 홍이는 몸 이곳저곳이 아프지 않은 곳이 없었다. 말수가 더 적어진 홍이는 간간히 통증 때문에 배를 움켜쥐었다.

그림을 잘 그린 현자는 숯덩이로 벽에 그림을 그리곤 했다. 벽에만 그린 게 아니라 이불에도 어김없이 그렸다.

"우리 현자, 잠자기 전 요강에 꼭 오줌 싸랬지? 벽에도 잘 그리고 이불에도 그림을 그린다니까."

슬그머니 이불을 덮어 두고 옷만 갈아입었는데, 눈치 빠른 홍이가 모를 일 없었다.

"얼른 키 들고 가서 소금 얻어와!"

"엄니, 나 학교 늦었어요. 헤헤."

현자는 신발도 신지 않은 채 가방을 들쳐 매고 냅다 마당을 빠져나갔다.

'저 아인 누굴 닮아서 저렇게 선머슴 같지?'

홍이는 자신도 어릴 적 오줌을 이불에 싸서 소금을 얻으러 갔던 기억이 났다. 그때는 어머니도, 아버지도 살아계셨는데. 어린 시절이 생각나 자기도 모르게 눈물을 적셨다.

전쟁이 끝나자 마을은 분주했다. 마을 길도 다시 만들고 할 일이 많았다. 평화가 찾아왔지만, 다시 전쟁이 올까봐 마을 사람들은 전전긍긍했다.

"어머니, 난 공부 열심히 할 거야!"

현자는 공부도 잘하고 그림도 잘 그리고 심지어 달리기도 잘했다. 종이가 귀해 벽에 그림을 그렸다. 한 번은 꽃을 그리다가 어머니의 얼굴을 그렸다. 현자의 눈에 비친 어머니는 꽃처럼 고왔다. 어머니 얼굴을 그리고 나면 그곳에 꽃이 피었다. 어느 때는 옥비녀를 머리에 꽂은, 배꽃처럼 어여쁜 어머니의 얼굴을 그렸다. 그런 날은 어김없이 이불 위에 세계지도를 그렸다.

"내 새끼! 이불에 어느 나라 지도를 그린 거야? 구라파! 아니면 미국이야?"

"엄니! 구라파도 알아?"

"요 녀석, 내가 이래 봬도 옛적에 공부 좀 했어. 요즘 세상에 태어났으면 한 자리 했지. 암!"

"우리 엄니 나 닮아서 똑똑해!"

"호호, 네가 나를 닮은 게지."

학교 미술 시간에 선생님은 초분골에 화가가 태어났다고 현자를 치켜세웠다.

"현자는 나중에 뭐가 될 거야?"

"그림 그리고 싶어요."

"그래, 훌륭한 화가가 되면 너를 가르쳤던 선생님의 은덕이라고 말해야 한다. 알았지?"

"나중에 제가 그린 그림 한 점 선물로 드릴게요. 엄청 비쌀걸요?

호호.”

“이 녀석 넉살도 좋아!”

선생님은 현자에게 비싼 크레용을 선물했다. 현자는 제 집에 누워 있는 색색의 크레용이 신기해서 쓰지 않고 쳐다보곤 했다. 현자는 학교가 끝난 후 집에서 그림을 그릴 때가 가장 행복했다. 열심히 공부해서 훌륭한 사람이 되어 어머니를 호강시켜 주고 싶었다. 하지만 어머니는 다른 생각을 하고 있었다.

“현자야, 이제 너도 무슨 일을 할 건지 생각해야지.”

“난 어머니랑 잘 살고 싶어요. 그게 내 일이야.”

“그래서 말인데, 난 네가 간호학교에 들어가면 좋겠어.”

“싫어요! 피 흘리는 거랑 주사도 싫단 말이에요.”

현자는 강하게 고개를 저었다. 간호사의 삶은 병원에서 힘들게 환자들만 돌보다 끝날 것 같았다.

“간호사가 얼마나 좋은데? 아픈 사람 도와주고 말이지.”

“난 그래도 싫어요.”

“내가 아프면 주사도 놔주고.”

“흥, 엄니가 왜 아파?”

“하여튼 병원에서 일하다가 좋은 사람 만나 혼인도 하고 말이야.”

“결혼은 더 싫어요.”

“아이고, 결혼이 싫다니?”

“유명한 화가가 되어서 어머니랑 살 거라고!”

“우리집 형편에 간호학교 나오면 곧바로 취직이 된대.”

어머니의 말은 조용했지만 단호했다. 현자는 어머니의 뜻을 거스를 자신이 없었다. 가난한 살림에 자신이 좋아한 일만 할 순 없었다. 막상 화가가 되려면 어떻게 해야 할지도 몰랐다. 돈을 좀 벌다가 나중에 그림을 그려도 좋지 않을까 생각했다. 한편으론 서글펐다. 열심히 화가의 꿈을 키웠는데 집안 사정 때문에 꿈을 포기해야 하다니.

하지만 자신이 꿈꾸던 삶보다 어머니와의 안정적인 삶이 더 중요했다. 마음이 하루에도 몇 번씩 오락가락했지만, 현자는 결정을 내렸다. 어머니의 바람대로 간호학교를 들어가기로 한 것이다. 그러려면 고향을 떠나 도시에 있는 간호학교로 가야 했다. 현자는 어머니에게 새끼손가락을 걸고 약속했다.

“울 엄니, 내가 졸업해서 병원에 취직하면 같이 살자.”

“그래. 오냐, 오냐. 내 새끼!”

어머니는 다 큰 현자가 대견스러운지 자꾸만 머리를 쓰다듬었다. 무엇보다 이제 자신의 품에서 떠나보내야 한다고 생각하니 애틋하고 허전했다. 하지만 현자의 미래를 위해서는 지금의 아쉬움은 잠시 접어두어야 했다. 어머니는 머뭇거리더니 머리에서 옥비녀를 뺐다. 풍성한 머리카락이 어깨 위로 흘러내렸다. 항상 곱게 올린 머리만 보았던 현자는 어머니의 긴 머리가 아름다워 넋을 놓

안녕, 홍이

고 바라보았다.

"현자야, 이건 아버지가 나에게 청혼할 때 사랑의 징표로 준 거야. 너에게 주고 싶구나."

어머니의 눈에 눈물이 그렁그렁했다. 옥비녀를 손에 들고는 현자를 꼬옥 안았다.

"아버지가 살아계셨으면 얼마나 좋아하셨을까?"

"우리 엄니는 아버지밖에 모른다니까!"

호롱불 아래에서 모녀는 눈물을 흘렸다.

"우리 현자는 똑똑하니까 뭐든 잘할 거야."

현자는 어린아이처럼 어머니 가슴에 파고들었다. 그날 밤 어머니의 심장 소리를 들으며 잠을 잤다. 앙상해진 어깨를 위아래로 들썩이며 힘든 잠을 청하는 어머니를 보면서 현자는 가슴 밑바닥에서 커다란 슬픔이 몰려왔다. 광활한 우주가 어머니의 품속에서 요동을 쳤다. 순간 어머니의 늙어감을 마주할 수만 있다면 더 이상 바랄 게 없겠다, 고 현자는 생각했다.

현자는 도시에 있는 간호학교에 입학했다. 주중엔 기숙사에서 묵고, 한두 달에 한 번 어머니 집으로 왔다. 학교 생활은 생각했던 것보다 재밌었다. 친구도 금방 사귀었다. 단짝 친구 숙자는 학교 졸업 후 미국으로 가겠다고 했다. 당시 미국은 모두에게 꿈의 나라였다. 도시마다 그들이 세운 학교와 병원이 늘어갔다. 어떤 친구는 검은 피부를 가진 미군을 따라 한국을 떠났다. 현자는 문득 '미국에 가서 살면 어떨까?' 하고 생각했다. 하지만 홀로 있는 어머니를 생각하면, 그건 쏘아서는 안 되는 꿈의 과녁이었다. 현자는 어머니와 사는 게 최고의 행복이자 기쁨이라고 스스로를 다독였다. 그러는 사이 간호학교를 졸업할 시기가 다가왔다. 도시의 대학병원에서 일자리 추천을 받고 잠시 서울로 갈까 생각이 들었지만, 그나마 어머니가 사는 광주가 나을 것 같았다.

어느 날 친구 숙자가 다가왔다.

"현자야, 너는 어디에서 일할 거야?"

"고민 중이야. 너는 미국 가려고?"

"글쎄. 그게 조금 쉽지가 않네. 그래서 말인데…."

"…."

"저 멀리 독일로 가 볼까 해. 너, 나랑 같이 갈래?"

"독일은 엄청 먼 곳 아니야? 미국도 나에겐 상상할 수 없는 곳인데."

"미국이나 독일이나 외국은 다 거기서 거기야. 여기 봐봐."

숙자는 호주머니에서 종이를 꺼냈다. 손으로 쭉쭉 찢어온 신문 광고였다.

"독일에서 한국 간호사를 뽑는다잖아. 그래서 거기 갈까 생각 중이야."

현자도 서독에서 한국인 간호사를 뽑는다는 광고를 본 적 있었다. 현자는 숙자가 건넨 신문 조각을 이리저리 훑어보았다. 일전에

봤던 해외개발공사에서 나온 독일 간호사 채용 공고였다.

"미국 수속 절차가 너무 복잡하더라고. 독일 갔다가 미국을 가면 더 쉽다는 말이 있더라."

몇 년 전부터 선배들 중 몇 명이 독일 간호사에 지원했다는 말을 들은 적이 있었다. 파독 간호사는 1966년부터 시작되었다. 이전인 1963년부터 지하 탄광에서 일하는 광부들을 모집해 왔다. 독일에 가려는 청년들이 많아 매번 경쟁률이 높다는 소문이 자자했다. 지하 탄광에서 일해야 하니 체력도 좋아야 했다. 가마니를 불끈 들어 올려야 합격한다는 말도 돌았다. 월급도 많아서 3년만 일하면 고향에 멋진 집도 지을 수 있다고도 했다.

'독일에 가면 이밥(쌀밥)에 소고기국을 먹는다'는 광고가 생길 정도였다. 밥만 세끼 잘 먹을 수만 있다면 만족인 시절이었다.

"현자야, 간호사 지원 빨리 해야 해. 난 이미 결정했거든."

마음이 솔깃해졌다. 돈을 많이 벌려면 독일에 가는 것도 나쁘지 않을 것 같았다. 원래는 종합병원에 취직해서 어머니와 함께 직장 근처에 방을 얻을 생각이었다. 하지만 어머니가 초분골을 떠나 현자를 따라 나설지는 모를 일이었다.

주말이 되어 착잡한 마음으로 집을 향했다. 집에 도착한 시간은 이미 땅거미가 질 무렵이었다. 어머니는 현자가 마당에 들어서자 부엌에서 뛰어나왔다.

"아이고, 내 새끼 왔어? 얼른 밥 먹자. 배고프지?"

여느 때처럼 어머니와 밥상을 마주했다. 새우젓을 넣은 계란찜과 멸치볶음, 거기에 닭볶음탕까지 밥상이 푸짐했다. 현자가 오는 날을 손꼽아 기다려 아껴 놓은 게 분명했다. 풋고추열무김치와 계란찜은 현자가 제일 좋아하는 반찬이었다. 어머니는 닭살을 뜯어 현자 밥그릇 위에 올렸다.

"우리 엄니! 뭐 이렇게 많이 차렸담? 오늘 아버지 제삿날도 아닌데."

현자는 괜히 투정을 부렸다. 어머니가 어떻게 돈을 벌어 찬을 마련하는지 알기 때문이다. 산나물을 캐서 시장에 내다 팔고, 이웃의 논과 밭의 잡초를 매 주고 품삯을 받았다. 흙 묻은 돈으로 현자를 잘 먹이려 애쓰는 어머니였다. 평소에는 혼자 신 김칫국에 밥을 말아 먹는다는 것도 알고 있었다.

현자는 밤새 어머니에게 어떻게 말을 꺼내야 할지 고민하다 잠을 이루지 못했다. 광고지를 보여 준 숙자에게 불쑥 화가 났다. 숙자가 그것만 보여 주지 않았어도 이렇게 심장에 불이 나지 않았을 것이다. 가고 싶다는 은근한 소망과, 가면 안 된다는 현실적 상황이 현자 마음속에서 팽팽하게 줄다리기를 했다. 옆에 누운 어머니도 왜 그런지 제대로 잠을 이루지 못하는 것 같았다. 가녀린 어머니의 등이 현자의 눈에 들어왔다. 요즘 들어 어머니의 얼굴이 부쩍 수척해졌다. 가끔 소화가 안 되는지 몇 숟가락만 뜨고는 일을 하러 나갔다.

‘독일은 어떤 나라일까?’

독일에 대해선 아무런 정보도, 지식도 없었다. 그저 우리나라에서 아주 먼 나라라는 것, 비행기를 타고도 3일이나 걸리는 먼 곳이라는 것밖에 알지 못했다. 코쟁이들이 사는 곳이라면 조그마한 동양인들은 천대받을 것이라는 생각도 들었다. 덩치 큰 코쟁이들 사이에서 체구 작은 자신이 견딜 수나 있을까 생각하니, 현자는 버럭 겁이 났다. 혹시나 독일에서 나쁜 사람들에게 해코지라도 당하면 어떡하나, 걱정도 되었다.

결국 현자는 어머니에게 말도 꺼내 보지 못하고 다시 학교로 돌아왔다. 그때 기다렸다는 듯 숙자가 득달같이 달려왔다.

“너 결정했어? 이번 달까진 지원서 내야 한다니까.”

“그래. 나도 가고 싶은데….”

“왜 그래? 너무 좋은 기회인데?”

“어머니가 홀로 계시는데….”

“돈 많이 벌어 성공해서 돌아오면, 그게 더 효도지.”

“어머니에겐 나밖에 없는 걸?”

“안 가려면 말아. 흥! 평생 후회할 텐데.”

숙자의 말에 독일에 가고 싶다는 생각이 더 깊어졌다. 그러는 사이 또 시간이 흘렀다. 이제 어머니에게 무조건 말을 해야 할 것만 같았다. 현자는 다짐을 한듯 입술을 지그시 깨물었다. 어머니가 계란찜을 숟가락으로 푹 떠서 현자의 밥그릇에 올려놓았다.

"무슨 고민 있어? 우리 현자! 밥알을 그저 줍네, 주워."

"어머니, 나 할 말 있는데."

"그래, 내 귀 열려 있어."

"구라파 알지? 내가 어릴 때 잠자면서 이불에다 그리던 곳."

"그래, 뜬금없이 구라파는 왜?"

"구라파 나라 중에 독일이란 곳이 있대요."

"그런데?"

"거기서 한국 간호사들을 모집한대. 합격하면 돈도 많이 벌 수 있대."

"…."

"일단 지원해 봐도 되지? 경쟁률이 높아서 안 될 수도 있어."

"꼭 가야겠니?"

"이번 달 말까지 지원해야 해."

"그래서 밤에 잠도 못 자고 고민이 많았구나."

"나 갔다 올까?"

"근데, 혹시 너를 어디다 파는 곳은 아니지? 일하러 가는 곳이라고 꾀여 놓고 그럴까 봐서."

"지금이 어떤 세상이라고!"

"그래, 그렇겠지?"

"아니, 사실 난 독일이라는 나라도 궁금해."

"너 혼자 가는 거니?"

"내 친구 숙자도 지원한대요."

"글쎄 영 내키지 않아."

"어머니 혼자 살면 무서워서 그래? 나 시집가서 떠나면 어떻게 살려고 그러우?"

"언제는 에미랑 산다며?"

"아니, 그거야 당연하지. 어머니랑 살 건데 돈 좀 많이 벌고 싶어서."

"여기서도 돈 벌 수 있잖아."

"훨씬 그리고 빨리 벌어서 집도 사고… 뭐."

"음...우리 현자! 네 뜻이 정 그렇다면 지원해 봐."

일단 지원서를 제출하고 결정해도 늦지 않을 것 같았다. 경쟁률이 치열하니 떨어질 수도 있지 않나. 그럼 운명이려니 생각하고, 가려고 했던 병원에 취직하면 그만이었다. 현자는 가벼운 마음으로 지원서를 썼다. 급하게 보내서인지 지원서를 보내고서도 잊어버렸다.

그러던 중 몇 주가 흐른 어느 날이었다. 파독 간호사에 덜컥 합격했다는 통지를 받았다. 현자는 내심 인정받은 기분에 기뻤지만, 한편으로는 가슴이 철렁 내려앉았다. 어머니 곁을 떠나 먼 곳으로 가야 한다는 사실이 현실로 다가온 것이다. 막상 어머니에게 말해야 한다는 부담감이 바늘에 찔린 것처럼 아팠다. 어머니가 그리 달갑지 않게 생각할 게 뻔했다.

‘숙자도 합격했겠지.’

그런데 숙자의 모습이 보이지 않았다. 숙자는 느티나무 옆 수돗가 벤치에 홀로 앉아 있었다.

“너 왜 그러고 있어?”

“흑흑.”

“왜 그래? 우는 거야?”

그때서야 숙자가 고개를 들었다.

“현자야, 넌 어떻게 되었어?”

숙자의 표정에서 현자는 불길한 생각이 들었다. 아니나 다를까?

“나, 서독 간호사 모집에 떨어졌어. 너는?”

“야, 네가 그럴 리가 없잖아!”

“그러니까. 넌 어떻게 되었냐고?”

“뭐야, 왜 네가 떨어져?”

“아, 몰라. 현자, 넌 붙었냐고, 떨어졌냐고?”

“미안해.”

“네가 왜 미안해? 흥!”

숙자는 갑자기 현자를 밀치고 저만치 뛰어갔다. 현자는 차라리 합격증을 숙자에게 던져 주고 싶을 정도였다. 덜컥 합격한 것이 부담스러웠다. 간절히 원하던 숙자는 떨어지고, 안 가도 무방한 자신이 합격한 것이 무슨 운명의 장난인가 싶었다. 그래도 이왕 붙었으니 한 번 도전해 볼까 싶은 욕심도 생겼다. 사람 마음은 알다 가도 모를 일이었다.

얼마 후 숙자는 떨어진 것을 벌써 잊었는지 다시 밝고 명랑해졌다. 숙자가 슬그머니 다가와 말했다.

"현자야, 사실 난 붙었어도 독일에 못 갔을 거야. 부모님이 내가 몰래 지원한 걸 알고는 안 된다고 펄쩍 뛰셨어. 호적을 파겠다고 난리도 아니었어."

"그럼 그때 미리 말씀 안 드린 거야?"

"야, 말도 마. 사실 부모님이 시집가라고 난리인 통에 몰래 독일로 도망가고 싶었지."

"그럼 졸업하자마자 결혼하라는 거였어?"

"내 말이! 벌써 혼처 자리 알아 놓고…. 하여튼 다음 달에 약혼하기로 했어."

"뭐? 다음 달에?"

숙자는 부모님이 정해 놓은 남자와 곧바로 결혼하기로 했다. 그동안 재미 삼아 몇 번 만났는데 어느새 자신도 사랑에 빠진 것 같다고 했다. 학교 선생님인 예비 신랑이 얼굴도 반반하고 착하게 보였단다. 병원 취업 대신 조신하게 현모양처로 살아가야겠다고 했다. 현자는 독일을 향한 갈망이 불타는 듯하다가 어느 사이 떨어지는 열처럼 사그라드는 숙자가 도통 이해가 되지 않았다. 하지만 숙자에겐, 꿈꿨던 이국땅에서의 모험은 없더라도 잔잔한 미래는 보장될 수도 있겠다 생각이 들었다.

숙자는 얼굴이 발개지며 수줍게 말했다.

"꿈이 뭐 별건가? 사랑하는 사람과 결혼해서 알콩달콩 사는 것도 좋을 것 같아."

숙자는 고개를 하늘로 향하더니 두 손을 모으며 마치 여배우가 된 것처럼 읊조렸다. 영락없이 사랑에 빠진 순정파 모습이었다. 현자는 그런 숙자가 내심 부러웠다. 어머니와의 이별이 곧 다가올 것이라는 서글픔 때문이었다.

어머니와 밥상을 마주한 현자는 어머니의 눈치를 살폈다. 어머니가 먼저 입을 뗐다.

"난 우리 딸이 합격할 거라고 생각했어."

"3년 계약이래. 금방 지나갈 거야. 돈 많이 벌어서 돌아올게."

"우리 딸, 건강하게만 돌아온다고 약속해 줘."

어머니는 희미하게 웃었다.

현자는 독일 가는 준비로 분주했다. 어머니는 독일 가서 먹을 밑반찬을 챙기고, 현자를 위한 예쁜 원피스도 샀다. 졸업식이 끝나고 두 달 후면 독일에 갈 시간이었다. 독일 출발 일정은 생각보다 빨리 잡혔다.

독일로 떠나기 전날 밤, 현자는 마음이 울적해졌다. 어머니는 정성스레 밥상을 차렸다. 집에서는 닭을 몇 마리 키웠는데, 어머니는 계란을 소금 항아리에 넣어 두고 귀한 손님이 오면 계란찜을 해 밥상에 올리곤 했다. 어머니는 그날도 잰걸음으로 아궁이에 불을 때

184

고 밥을 했다. 그리고 냄비에 파를 썰고 계란과 새우젓을 약간 넣은 뒤, 뜨끈한 밥솥 위에 올렸다. 가마솥의 뚜껑을 열면 허공을 향해 흩어지는 따뜻한 수증기가 잘 익은 계란찜의 풍미와 함께 식욕을 돋웠다. 무엇보다 푹신한 기운이 입안에 감돌아 순식간에 피로가 사그라드는 마법 같은 맛이 났다.

"우리 현자. 오늘 독일 가기 전 엄마랑 마지막으로 밥 먹는 시간이네."

"엄니도 참, 내가 뭐 죽으러 가는 감? 3년만 있다 오는데. 시간 금방 가니까 그동안 나 몰래 어디 시집가면 안 되우."

"에고, 망칙해라. 너 혹시 구라파 가서 코쟁이 남자 데려오는 거 아니지? 얌전히 일하다 와! 너 돌아오면 좋은 신랑감이랑 결혼도 하고."

"난 엄니랑 영원히 살 건데. 혹시 모르지. 나 좋다는 사람 나타나면 이참에 콱 살아버릴지."

"제발 얌전히 있다 오세요. 딸!"

"염려마세요. 우리 엄니!"

어머니는 잠시 뜸을 들였다.

"사람은 한 가지만 있어도 버틸 수 있어. 그게 그리움이지. 사랑은 그리움이야."

"울 어머니, 아버지랑 산 세월도 짧았으면서 어쩜 그렇게 그리움이니 사랑이니 잘 아실까?"

"내 인생 동안 누렸을 양의 행복을 네 아버지랑 살던 2년 동안 모두 받은 것 같아. 그 그리움으로 사는 거지. 사람은 자신이 누릴 수 있는 양의 행복을 가지고 태어난대. 난 그래서 앞으로의 인생이 어떻더라도 두렵지 않구나."

"그래도 앞으로 더 행복해질 거야. 내가 돈 많이 벌어올게."

"그것도 괜찮네. 우리 딸!"

"그나저나 나는 어머니가 만든 반찬이 최고로 맛있어. 요 계란찜은 최고! 독일 가면 어머니 반찬 그리워서 어떡하지?"

"구라파에 가면 뭐 먹을 게 있을까? 에미가 고추장이랑 멸치볶음이랑 이것저것 챙겼다. 그나저나 코쟁이들은 뭘 먹고 산다니?"

"거기도 다 사람 사는 데라우. 다 먹고 살겠지. 엄니 걱정이나 하셔요. 나 없다고 혼자 신 김칫국에다 밥 말아 먹지 말고 잘 챙겨 드셔. 알았지?"

어머니는 저고리 소매로 눈물을 훔쳤다.

"아버지가 살아계셨다면 네가 좋아하는 거 했을 텐데. 공연히 간호 공부했나 보다. 우리 딸!"

"아이고, 우리 엄니 또 눈물샘 터졌네. 독일 가는 여자들 경쟁률이 얼마나 센 줄 아우? 딸이 잘 나서 뽑혀서 간 거라니까. 내가 아버지 대신 돈 많이 벌어서 호강시켜 드릴게. 그러니까 건강하게 기다리고 있으세요."

그날 밤 현자는 어머니를 꼭 껴안고 잠을 잤다. 꿈속에서 아버지

안녕, 홍이

를 만났다. 아버지가 멀리서 손수건을 흔들었다. 다음 날 눈을 뜨자 어머니가 보이지 않았다. 방문을 열자, 어머니의 뒷모습이 보였다. 장독대 앞에서 뒷모습을 보인 채 서 있는 어머니는, 마치 움직이지 않은 돌무덤처럼 고요했다. 멀리 이국땅으로 딸을 보내는 마음을 하늘에 담아 올리고 있었다.

6. 파독 간호사 현자

김포공항 출국장은 눈물바다였다. 이별이라는 말이 이렇게 아픈 줄, 현자는 그때 처음 알았다.

비행기에 오르며 남겨 둔 어머니 생각에 가슴이 시렸다. 남들에게 들리지 않도록 숨을 삼켰다. 하지만 굵은 눈물이 자꾸만 뺨을 타고 떨어졌다. 지금이라도 포기하고 돌아가면 어떨까. 독일에 가서 후회하지 않고 살 수 있을까.

현자를 비롯해 비행기 안에 앉아 있는 여자들의 가슴에는 설렘과 두려움, 서글픔이 뒤엉켜 있었다. 그날의 공항은 시대의 아픔이었다. 누군가는 어린아이를 남겨 둔 엄마로, 누군가는 가난한 집안의 맏딸로, 누군가는 이혼의 아픔을 잊기 위해, 누군가는 자신의 미래를 꿈꾸기 위해 독일로 향했다. 꿈은 달랐지만 떠난 길은 같았다. 가족을 떠난 그들은 서로의 언니와 동생이 되었다.

독일 프랑크푸르트 공항에 도착하자, 이름 대신 번호표가 주어졌다. 그것을 받아 든 순간, 현자는 잠시 도살장으로 끌려가는 송아지가 된 듯한 기분이 들었다. 혹시 어머니 말처럼 정말 어디론가

팔려 가는 건 아닐까. 삼십 년 넘게 식민지의 상처에 눌려 살아온 민족은 비슷한 징후 앞에서도 몸이 먼저 반응했다. 역사의 기억은 은퇴하지 않는다. 세대마다 유전자처럼 전해져 살아남는다.

몇몇 한국인 간호사들이 같은 병원으로 배정되었다. 그제야 여자들은 안도의 한숨을 쉬었다. 버스는 각자 지정된 병원으로 향했다. 어느새 희뿌연 눈안개를 헤치고 숲길로 들어섰다. 현자는 늘 꿈에서 보아 오던 울창한 숲과 닮았다고 느꼈다. 나중에야 그 나무가 '메타세쿼이아'라는 것을 알았다. 바람에 강하고 빠르게 자라는 성질이, 자신과 닮았다고 생각했다.

버스에서 내리자 차가운 바람이 '쏴' 하고 몰려왔다. 이국의 기운이 몸으로 느껴졌다. 곧 병원 관계자들의 환영 행사가 이어졌다. 독일인들은 색색의 한복을 차려입은 한국 간호사들을 호기심 어린 눈으로 바라보았다. 현자는 백인들 사이에서 동물원의 원숭이가 된 듯한 기분이 들었다.

당시 서독은 제2차 세계 대전 이후 폐허가 된 나라를 재건하기 위해 인력이 필요했다. 전장에서 돌아온 병사들을 치료하기에는 병원의 재료와 인력이 턱없이 부족했다. 그들은 노동력을 원했고, 한국은 외화가 필요했다.

병원은 3개월 동안 독일어 학원을 다니게 했다. 환자를 상대하기에는 턱없이 짧은 시간이었지만, 실무와 공부를 동시에 해야 했다. 시간이 지나자 기본적인 병원 용어가 들리기 시작했다. 그러나 독일인들이 쓰는 은어나 속어는 여전히 이해하기 어려웠다.

언어 때문에 웃지 못할 일도 있었다. 언젠가 독일인 할머니 환자 한 분이 호출 벨을 눌렀다. 현자는 급히 환자 방으로 달려갔다. 할머니는 현자를 보자 겸연쩍은 표정으로 '판네'를 가져와 달라고 했다. 현자는 속으로 '이상하다. 판네는 독일어로 프라이팬인데, 왜 할머니가 달라고 하지? 누워서 요리할 일이 있나?'라며 고개를 갸우뚱했다. 그러고는 병원 부엌 찬장에서 프라이팬을 꺼내 쏜살같이 달려 병실로 들어섰다. 숨을 헐떡이며 들어온 현자를 본 할머니는 커다랗게 눈을 뜨고는 몇 초간 말이 없었다. 현자는 프라이팬을 얼른 할머니 손에 쥐어 주었다. 그때서야 할머니는 어이없는 표정을 짓더니 프라이팬을 병원 바닥에 내동댕이쳤다.

쨍그랑! 날카로운 소리가 울려 퍼졌다. 그 소리에 옆방에 있던 독일인 간호사가 달려왔다. 할머니는 독일인 간호사에게 고래고래 소리를 질렀다.

"저 애는 어디서 굴러온 거야? 저런 애가 간호사야?"

'판네'는 환자의 대변을 받을 때 쓰는 용기를 일컫는 말이었다. '엔테'도 마찬가지다. 원래 독일어로 '오리'라는 뜻이다. 거동이 불편한 남자 환자들이 침대에 누워 오리 모양의 용기에다 소변을 본다. 그 외에도 병원 용어는 또 다른 세상이었다. 평소 눈치 빠른 현자도 한 번도 배워 보지 않은 언어 앞에서는 속수무책이었다.

그날 이후 현자는 실수를 줄이기 위해 더욱 신경을 곤두세웠다.

그래서인지 근무를 마치고 나면 온몸이 물에 절인 배추처럼 축 늘어졌다.

현자는 한국에서 간호학교를 다닐 때만 해도 은근 자부심이 강했다. 친구들보다 공부도 잘했고, 순발력도 좋았다. 하지만 이곳에서는 초등학생 취급을 받는 듯했다. 게다가 병실 청소부터 음식 나르기까지 허드렛일이 이어졌다.

현자를 포함해 한인 간호사들은 대부분 군소리 없이 했다. 하지만 그중 자존심이 상해 폭발한 간호사도 더러 있었다. 청소를 하라는 지시에 양동이를 걷어차며 안 하겠다고 소리 지르고는 그 길로 한국행 비행기에 오른 이도 있었다. 현자도 속이 이만저만 아니었다. 하지만 무조건 3년 동안 돈을 벌어서 고향으로 가야 했다. 어머니의 수척해진 얼굴이 눈에 아른거렸다.

향수병은 시간이 갈수록 깊어만 갔다. 다른 병원 한인 간호사 중에 우울증으로 자살 시도를 한 이도 있었다. 병원 측은 병실 창문에서 뛰어내린 한인 간호사를 정신병동에 입원시켰고, 결국 마음의 병을 이기지 못한 그녀는 고국으로 돌아갔다. 현자는 그런 사례를 접할 때마다 오죽 힘들면 그랬을까 싶어 가슴 한구석이 찡해졌다.

한창 청춘의 나이라 사랑의 방식도 다양했다. 누군가는 사랑에 목이 말라 1년도 안 되어 파독 광부와 연애를 하거나 독일 남자와 서둘러 결혼했다. 입원한 환자와 사랑에 빠지거나 독일인 의사와도 연분이 났다. 힘든 일에서 벗어나고 싶어 클럽에 가 춤을 추다 독일 남자와 깊은 관계에 빠지기도 했다. 외로움은 결핍이었고, 무언가 허기진 것을 채울 것이 필요했다. 당시 독일에 사는 한국인 청춘들은 '사람'이라는 갈증에 목이 탔다.

근처 도시에 사는 파독 광부들 가운데 몇몇은 병원 기숙사 벨을 눌러 간호사들을 불러냈다. 이른바 '피아노 치기'라 불리던 그들만의 방식이었다. 독일 집들은 보통 문 앞에 거주자의 성이 붙어 있다. 파독 광부들은 기숙사 문 앞에 달린 한국인 성이 있는 문패를 보면, 벨 누르기를 시도했다. 인연이 닿으면 한인 간호사와 사귀고 결혼에도 골인할 수 있었다. 당시 파독 광부 중에는 3년 계약이 끝나 독일에 더 남으려는 사람도 있었다. 그래서 직장에 취직하거나 체류가 안정적인 한인 간호사와 결혼하곤 했다.

현자도 동료 간호사 덕심을 따라 한인 행사에 갔을 때 우연한 기회로 파독 광부 한 명과 만남을 가졌다. 그는 지하 탄광에서 살아남을 만한 다부진 몸을 가진 적극적인 남자였다. 하지만 함께 춤을 춘 후엔 다시는 만나고 싶지 않다고 생각했다. 처음부터 자꾸만 현자의 허리에 자신의 몸을 부딪히며 구애 공세를 펼쳤다.

덕심은 그곳에서 만난 남자와 사랑에 빠졌다. 덕심은 코를 골고 잠꼬대를 하면서도 그 남자의 이름을 불러댔다. 특유의 밝고 명랑한 성격의 덕심 덕분에 웃는 날이 많았다. 나중에 알게 된 안타까운 사실은 덕심은 그와 함께했지만 끝이 좋지 않았다. 그 남자는 한국에 처자식이 있는 유부남이었다. 남자는 외로운 나머지 덕심을

안녕, 홍이

만나 그만 사랑에 빠졌지만, 결국 한국으로 돌아갔다. 남자의 빙하 같은 냉정함에 큰 상처를 받은 덕심은 그후에 한국 사람들을 피해 다녔다.

청춘이었기에 사랑과 욕망, 만남과 이별, 행복과 절망이 공존했다. 현자는 그 심정을 이해 하면서도 욕정과 욕망을 이기지 못하는 인간에게 함부로 순정을 바치고 싶지 않았다.

현자의 일상은 단순했다. 병원 근무를 하고, 휴가 때는 다른 병원에서 일했다. 돈을 열심히 버는 것은 한인 간호사들 사이에서 하나의 미덕이었다. 점점 독일어가 익숙해졌고, 독일이 좋아지기 시작했다.

수간호사 마야는 현자를 무척 아꼈다. 자신의 집에도 초대해 독일 문화를 알려 주었고, 아이들은 현자를 잘 따랐다. 함께 맞은 두 번째 크리스마스에는 마야의 집에서 거위고기와 슈톨렌을 구웠다. 오믈렛에서는 엄마의 계란찜 맛이 느껴졌다.

그렇게 시간은 흘러갔고 계약 기간 3년이 다가오고 있었다. 한국으로 돌아가야 할지 남을지 고민하는 간호사들이 많았다. 병원 측에서는 한인 간호사들의 능력을 높이 평가하며 연장 계약을 추진하고 있었다. 마야는 현자에게 독일에서 의대 공부를 하거나 좋아하는 미술공부를 하면 어떻겠냐고 제안했다. 현자가 센스도 있고 언어 능력도 좋아서 공부를 더 하면 독일 사회에서 인정받을 거라고 칭찬했다.

특히 독일은 학비가 전혀 들지 않아 일을 조금 줄이고 공부를 하거나 재단 장학금을 받는 방법도 있었다. 현자는 미술대학에 가고 싶었고, 독일 사회를 더 잘 알고 싶었다. 이 좋은 시기에 고국으로 돌아가는 것이 은근히 아쉬웠다. 어머니가 그리운 건 사실이지만, 돌아가 봤자 병원에서 일하다 시집갈 게 뻔했다.

그동안 어머니에게는 꼬박꼬박 송금을 했다. 보내고 남은 돈으로 생활해도 빠듯하지 않았다. 병원에서 식사를 해결하기에 특별히 먹거리에 드는 돈도 적었다. 가끔 기숙사에서 한인 동료들과 한식을 해 먹는 것으로 향수병을 달랬다. 봄에는 고사리를 뜯어 기숙사 방에서 말리기도 했다. 한번은 고사리를 방에 널어 놨는데, 청소하는 사람이 알토란 같은 고사리를 죄다 버린 적이 있었다. 말린 고사리로 육개장을 끓이고 나물로 먹는 재미를 그들이 알 턱이 없었다. 때론 친구들을 따라 클럽에 가 춤을 추면서 이국의 밤을 달래기도 했다. 어느새 독일의 휴가를 즐길 줄 알게 된 한인 간호사들은 때때로 이탈리아, 스위스, 프랑스 등으로 놀러 다녔다.

파독 간호사로 독일에 간 지 딱 3년이 되던 어느 날, 병원은 연장 계약에 서명하라고 했다. 당시 한인 간호사들은 '동양의 천사'라는 별명까지 얻을 만큼 독일 환자들에게 인기가 높았다. 현자는 의사조차 대신 시킬 정도로 환자가 아프지 않게 주사를 잘 놓았다.

그 무렵 한국에서 편지 한 통이 왔다. 보낸 이는 잘 알지도 못하는 친척 당숙 어르신이었다.

"현자야! 이국만리에서 고생이 많을 걸로 생각한다. 그런데 이 편지를 받는 대로 고국으로 돌아와라. 네 어미가 몹시 편찮으시다. 아마도 오래 살지 못할 것 같구나. 미래에 대한 계획이 있을 줄 알고 마음이 심히 상심이 되겠지만 어쩌겠니? 마지막 가는 길을 하나밖에 없는 자식이 지키는 게 도리일 것이다. 부디 비행기 편을 수소문해 조속히 돌아오길 바란다. 네가 돌아오기 전까지 어머니가 숨을 거두지 않고 기다리고 있을 것이라 믿는다."

현자는 독일에서의 삶은 여기까지라고 생각했다. 오히려 갈팡질팡하던 마음이 정리가 된 기분이었다. 자신이 지금까지 버티고 살아온 힘은 다름 아닌 어머니였다. 어머니가 많이 아프다고 하니 더 고민할 필요가 없었다. 덕심과 수정이 소식을 듣고 현자에게 다가왔다.

"어머니께서 많이 편찮으신 거야? 어쩌면 좋아."

"응. 아무래도 돌아가야 할 것 같아."

"현자야. 엄마 나으시면 꼭 다시 돌아와. 나 시집가기 전까지 너 다시 와야 해. 맛난 국수도 먹어야지."

덕심이 새끼손가락을 현자의 손에 감았다. 수정도 현자를 꼭 끌어안았다.

"그래. 엄마 꼭 낫게 하고 다시 돌아올 거야. 그때까지 너희들 기다려 줄 거지?"

"겨울잠 자다 깨어난 곰도 아닌데, 현자가 떠난다니까 심신이 다 싱숭생숭하다."

덕심이 하품을 하는 척하며 말했다.

현자는 부랴부랴 짐을 쌌다. 병원 관계자들이 마지막 환송 파티를 해 주었다. 수간호사 마야는 현자의 어깨를 안아 주며 울먹거렸다. 다시 돌아오라는 말도 잊지 않았다. 현자는 마야 품에 안겨 하염없이 눈물을 흘렸다. 고향으로 돌아가는데 왜 이렇게 눈물이 날까. 또 다른 아쉬움과 그리움을 뒤로 남겨 둔 채, 현자는 고국행 비행기를 탔다.

3년 만에 돌아온 고향은 그새 많이 달라져 있었다. 지붕 색깔도 천연색으로 변하고 마을 길도 넓어졌다. 하지만 신문과 방송에서는 연일 야권 정치인의 납치 사건 소식이 들려왔고, 무장공비 사살 등 사회 분위기가 서늘했다.

어머니는 현자를 보자 잠시 기운을 차린 듯했다. 현자는 어머니 곁에서 살아야겠다고 다짐했다. 신기하게 어머니와 함께 있으니 독일 생활이 하나도 생각나지 않았다. 단지 아주 가끔, 짧게 떠오르는 필름처럼 스쳐 지나갔다.

어느 날 밤, 어머니는 자신의 젊은 날 이야기를 털어놓았다.

"요즘 너의 아버지랑 같이 살았던 때가 자꾸만 생각나. 아버지가 그때 나에게 청혼하지 않았다면… 너같이 이쁜 딸도 없었을 것이고…."

"내가 좀 예쁘긴 하지."

"아버지에게 고마운 건 내가 자책감을 갖지 않도록 해줬어."

"어머니는 아버지가 그렇게 좋았수?"

"그런데 말이다…. 나는 현자, 네가 일제강점기 때 위안소를 다녀온 사람의 딸이라고 알려질까 봐 늘 조마조마했단다."

"…"

"그렇게 곱던 소녀들은 어디서 살고 있는지…."

어머니는 한숨을 쉬며 계속 말을 이어갔다.

"열다섯 어린 나이에 끌려갔는데, 네가 외국으로 간다고 할 때 정말 걱정했어. 말리고 싶었단다."

현자는 어머니의 고백에 망치로 머리를 맞은 것처럼 충격을 받았다. 하지만 놀란 모습을 보이고 싶지 않았다. 어머니가 나라를 떠났던 것은 알고 있었지만, 구체적인 사연은 몰랐다. 현자는 그날 처음 알게 되었다. 위안소라는 말도….

현자는 어머니의 아픈 상처를 더 후벼 파는 것 같아서 내색하기가 두려웠다.

"어머니 때랑 다르지. 지금 식민지도 아닌데 뭘?"

"우리 모녀가 자의든 타의든 이국땅에서 살았다는 게 신기하고 운명처럼 느껴져. 모든 게 내 탓 같고…. 그저 가슴이 아팠어. 고향을 떠난다는 게 힘들다는 걸 아니까."

그러자 현자는 순간순간 힘들었던 독일 생활이 생각나 울음을 터뜨릴 뻔했다. 어머니는 그 엄청난 비밀을 가슴에 안은 채 지금까지 얼마나 힘들었을까. 든든한 방패막이었던 아버지도 돌아가시고, 그 외로운 시간을 어떻게 살아냈을까.

"슬픔은 본인이 단단해져서 흘려보내야 한단다. 안 그러면 상처가 되어 누군가 말해도 놀리고 비웃는 것 같다고 생각하게 되지. 나도 그랬어. 그런데 아버지를 만나고 너를 낳고 조금씩 회복이 되는 것 같았어. 사랑만이 치료약이야."

"…"

"그때 아버지가 청혼하면서 '홍이가 집에 무사히 돌아와서 다행이다'라고 나를 위로했어. 살아 돌아와 줘서 고맙다고…."

몇 달 뒤, 어머니는 현자의 품 안에서 조용히 숨을 거두었다. 마지막 남은 호흡을 '후' 하고 내쉬었다. 그러고는 아주 조그맣게 입을 오물거리며 말했다.

"우리 딸, 고마워. 우리 현자 덕분에 내 인생은 행복했어."

"어머니…."

"후… 이제 아버지 만나러 먼저 갈게…."

엄마의 숨이 목 주변에서 서서히 얕아지고 있었다.

"안녕, 내 딸…."

들릴 듯 말 듯 희미하게 들리는 어머니의 마지막 말이었다.

현자는 채 감지 못한 어머니의 두 눈을 살며시 어루만졌다. 사람이 죽으면 그 영혼은 그 사람을 가장 사랑하는 사람의 마음속으로 들어간다고 했던가? 아버지는 젊은 나이에 죽었지만, 어쩌면 어머니 마음속에 뿌리를 깊게 내리고 같이 살아 있었는지도 모른다. 엄마의 감은 눈은 열다섯의 앳된 소녀의 눈이었다.

현자는 그날 밤 꿈에 아버지가 흰 손수건을 흔들며 어머니를 향해 달려오는 것을 먼발치에서 지켜보았다. 어머니에게는 그 한 많은 이야기를 딸에게 말하기까지 25년 이상의 시간이 걸렸다. 죽기까지 가슴에 담았던 어머니는 마음 편하게 아버지에 기대어 걸어갈 것이다.

＊＊＊

그날 현자는 요양보호사가 입혀 준 잠옷을 입고 잠자리에 들었다. 요양보호사가 기저귀를 채워 주었다. 현자는 간호사가 도와주는 것이 귀찮았다. 하지만 교양 있는 여자처럼 가만히 있었다. 다 큰 어른이고 밤에 소변이 마려우면 알아서 갈 텐데, 지나친 보살핌에 짜증이 난 건 사실이었다. 물론 요양보호사 말을 따르는 것도 나쁘지 않을 것 같았다. 도와주려고 하는 마음에다 침을 뱉을 순 없는 노릇이었다. 그러나 말끝마다 아이 취급하며 달래는 폼에 기분이 썩 좋지는 않았다.

"나, 밤에 지도 안 그릴 테니 걱정하지 마세요."

현자는 농담 섞인 말을 건넸다. 그 말에 요양보호사가 씨익 웃으며 현자의 엉덩이를 아기처럼 두드렸다.

현자는 이곳에 머무는 동안 되도록 말을 하고 싶지 않았다. 아침마다 새로운 느낌이 드는 이곳에서 적응이 필요했다. 왜 자신이 이곳에 와 있는지, 언제 왔는지 도무지 알 수가 없었다. 자신이 일하던 K병원도 아니었다. 덕심도, 수정도, 수간호사 마야도 보이지 않는 걸 보니…. 얼른 돈을 벌어 한국 어머니 집으로 가야겠다고 생각했다.

그러다가도 퍼뜩 은수가 생각났다. 이제 겨우 열다섯 어린 나이인데 야간 근무한다고 홀로 놔두는 것도 가슴 아팠다. 독일로 데려온 지 얼마 안 된 터라 적응도 힘들 것이다. 당장 집으로 갈까 생각했지만, 그것도 귀찮았다. 가만히 침대에 누워 있다가 잠이 드는 게 제일 속 편했다.

그러다가 갑자기 손자 준서가 떠올랐다. 뭐지? 기억이 마치 파편처럼 이리저리 튀어 다녔다. 그 기억이 맞는지 틀린지도 가늠이 되지 않았다. 은수가 준서를 가졌을 때가 생각났다. 현자는 어린 것이 아기를 낳았으니 얼마나 힘들었을까, 생각했다. 그건 현자 자신에 대한 고백이자 위로라는 것을 깨달았다. 그러자 이 순간, 자신의 나이가 얼마나 되는지 기억이 나지 않았다. 기억이 회오리바람처럼 밀려왔다가 이내 잠잠해졌다.

다음 날 아침, 세수를 하려고 일어섰다. 화장실은 그리 넓지 않았다. 샤워기가 달려 있고, 그 옆으로 변기통이 있었다. 모든 게 낯설었다. 세면대 위에 달린 거울을 쳐다보았다. 거울 속 초로의 할머니에게서 어머니의 모습이 얼핏 보였다. 간단하게 세수만 하고 옷장 문을 열었다. 아무거나 꺼내 입고 밖으로 나왔다. 복도를 지나자, 어디선가 노랫소리가 들려왔다. 다목적실에 노인들이 삼삼오오 모여 있었다. 노인들은 하나같이 흐리멍덩한 표정으로 앉아 있었다.

'내가 지금 어디 있는 거지? 여기가 내가 일하는 병원인가?'

그때 어디선가 자신을 부르는 소리가 들렸다.

"조 여사님! 이쪽으로 오세요."

양로원 유니폼을 입은 중년의 여자였다. 그가 이끄는 손을 잡고 의자에 앉았다. 사십 대 정도로 보이는 금발과 갈색이 반반 섞인 독일 여자가 기타를 치며 옛날 독일 노래를 가르치고 있었다. 딱 봐도 양로원에 방문하는 음악치료사였다. 언젠가 병원 수간호사 마야 집에서 불렀던 독일 트로트 같은 음률이었다. 노래가 익숙해서 따라 불렀다. 모처럼 기분이 좋았다. 한참을 부르다 시선이 느껴져서 슬며시 옆을 쳐다보았다. 나이가 지긋해 보이는 아랍계 노인이 휠체어에 앉아 있었다. 가볍게 목례를 했다. 노인이 씨익 웃으며 현자 쪽으로 몸을 돌렸다. 현자는 노인의 관심이 신경 쓰였지만 불친절하고 싶지 않았다. 노인은 기다렸다는 듯 입을 떼었다.

"잘 지내죠? 우리 지난번에도 이야기 나눴잖아요."

현자는 기억이 가물가물했다.

'분명 처음 본 사람인데….'

그런데 노인은 현자를 이미 알고 있는 듯해 보였다. 노인은 헛기침을 하고 말을 걸었다.

"어느 나라에서 왔지요? 나는 튀르키예에서 왔어요."

노인의 목소리는 차분하고 낮은 음색이었다.

"한국, 아…. 그러니까 북쪽 아니고 남쪽이에요…."

현자는 더듬거리며 대답했다. 독일에서 '한국'이라고 하면 꼭 북한인지 남한인지 물어, 이제 '남한'이라고 말하는 습관이 생겼다. 그때 노인의 눈이 갑자기 빛났다.

"후…. 맞아요."

노인의 입에서 깊은 한숨이 터져 나왔다. 노인을 보자, 예전에 담당 환자였던 늙은 카프카가 떠올라 얼른 자리를 피하고 싶었다. 하지만 노인은 휠체어로 뒤따라왔다. 휠체어는 생각보다 빠르게 현자를 따라잡았다. 갑자기 현자는 방향 감각을 상실한 채 어디로 가야 할지 몰랐다. 그저 얼른 집으로 가야 할 것 같았다. 하지만 건물 출구가 어디인지 갈피를 잡을 수 없었다.

"방은 저기 아니오?"

"어이쿠, 나도 알아요."

현자는 재빨리 아는 체를 했다.

"당신은 늘 새로운 하루를 시작하는 것 같군요."

현자는 노인이 자신을 치매 환자로 생각하는 것 같아 기분이 좋지 않았다. 그래도 나이 많은 사람을 외면하면 안 될 것 같아 다시 돌아섰다. 그러자 노인이 말했다.

"잠시 시간을 내줘요."

"네, 그러죠."

노인은 현자를 자신의 방으로 안내했다. 방은 정갈하고 포근했다. 그는 장롱에서 무언가를 찾고 있었다. 한참 동안 등을 보이며 찾던 그는 박스 하나를 꺼내 왔다.

"여기 있군요. 나보다는 훨씬 젊은 것 같아 오래 살 것 같으니 내 마지막 소원 좀 들어 주시오."

현자는 뭐라고 답해야 할지 몰랐다. 오늘 따라 이상하게 입안에서 하고 싶은 말이 잘 나오지 않았다.

"이제야 생각났어요…. 그 지갑 속 여인과 아주 닮았어요. 그 여인이 살아 있다면 이걸 돌려주어야 해요. 한국 사람이니까 좀 도와 줘요…."

그러면서 작은 박스의 뚜껑을 열었다. 갑자기 현자의 눈이 커졌다. 이건 뭐지? 현자의 기억 창고가 폭발해 마그마처럼 뭔가 터져 나왔다. 피 묻은 손수건!

머릿속이 거대한 파도에 휩쓸린 배처럼 사정없이 뒤틀렸다. 손수건을 얼른 받았다. 그때 와르르 거대한 탑이 앞으로 쏟아져 내린 듯 가슴이 내내 쿵쾅, 요란하게 울렸다.

'홍이'

바느질로 촘촘히 쓰인 어머니의 이름, 홍이!

먼 수평선 위로 흩어지던 구름이 모이고, 수억 년 전 사라졌던 온갖 먼지가 덩어리가 되어 가슴으로 밀려오는 것 같았다. 현자는 피 묻은 손수건에 얼굴을 묻고 흐느꼈다. 어머니가 죽기 전까지도 기다렸던 아버지의 흔적을, 울창한 숲 가운데 흔들어 주었던 아버지의 손짓이 느껴졌다. 오랫동안 꿈속에서 나타났던 그들이 이제야 실체를 드러내며 자신을 부르는 것 같았다. 살고 싶어 살 수 있는 선택의 시간이 없었던 때에, 누군가는 전쟁 이후의 세상을 보고 운 좋게 지금도 살아 있고, 누군가는 전쟁의 폐허 속에서 사멸되어 간다는 것이 이해하기 어려웠다. 무엇이 현실이고 환상인지 모호해진 공간과 시간 속에서 생의 모순을 애석하게도 별다른 이유 없이 마주해야 하는 것이다. 역사를 가로막던 휘장이 두 갈래로 찢어지며 그 안에서 무수한 소리들이 터져 나왔다. 한국 전쟁, 일제강점기, 홍이, 사랑, 이별 등…. 그것은 아득한 설움이었다.

현자는 튀르키예 노인을 보며 문득 은수가 막 독일에 왔을 때가 떠올랐다. 누군가를 아무렇게나 판단하고 선입견을 가졌다는 생각이 들었다. 자신의 고향 튀르키예로 떠나면서 마지막으로 은수를 만나고 싶다던 모하메드라는 청년을 매몰차게 돌려보냈던 일까지. 눈시울이 붉어진 현자는 천천히 고개를 들고 노인에게 말했다.

"미안해요… 당신의 민족에게… 그리고 감사해요."

"이 손수건을 알아요?"

안녕, 홍이

“우리 어머니의 이름이에요….”

이후 현자는 어떻게 방으로 돌아왔는지 잘 기억이 나지 않았다. 단지 손수건을 건넨 어느 할아버지의 모습만 희미하게 스쳐 지나 갔다.

현자는 잠잠히 누군가의 이름을 불렀다.

‘안녕, 나의 홍이! 나의 어머니! 안녕….’

단어 뒤로 무수히 쏟아지는 말들. 홍이는 어릴 적 꿨던 꿈이 기억 났다. 가파른 방파제 아래로 파도 치는 바다가 있고, 뭔가에 밀리 듯 미끄러져 바다 위로 몸이 떨어지는 꿈이었다. 수면 아래를 짐작 할 수 없어 무서웠고, 마치 바닷속에서 거대한 무언가가 툭 튀어나 와 발을 덥석 물 것 같아 불안했다. 그때 누군가가 그의 어깨를 잡 아 이끌었다. 따스한 기운에 이끌려 양쪽 어깨에 날개를 드리운 듯 하늘로 날아올랐다. 몸이 깃털처럼 가벼워졌다. 저 멀리서 어머니 홍이와 아버지 태구가 하얀 한복을 입고 손을 흔들고 서 있었다.

현자는 스르륵 잠이 들었다.

안녕, 안녕, 안녕….

7. 안녕, 내 딸

　은수는 엄마가 세상을 떠났다는 통보를 받고 어이없고 황당했다. 누군가에게라도 책임을 돌리고 싶었다. 양로원 간호사들이 소홀히 대했거나, 그들 중 노인들의 생명을 앗아간 닐스 회겔 같은 간호사가 있었던 것은 아닐까 의심했다. 치매만 빼면 육신은 멀쩡하던 엄마였는데, 갑작스러운 죽음이라니. 엄마와 미처 다 말하지 못한 이야기들이 많은데, 이렇게 가버리면 어떡하라는 건가.

　"엄마…."

　은수는 가슴이 조여 왔다.

　엄마의 방에 들어서기 전, 호흡을 가다듬었다. 문 앞에는 이미 두 손을 모은 손 그림이 붙어 있었다. 방 안에서는 양로원 직원이 틀어 놓은 레퀴엠 음악이 조용히 흘러나오고 있었다.

　엄마의 입술은 핏기가 사라져 보랏빛에 가까웠다. 평생 무언가를 먹으며 삶을 이어 왔을 그 입술은 이제 꼭 다물어져 있었다. 몸은 아주 깨끗했다. 전날이 일주일에 한 번 있는 목욕일이어서 깨끗하게 목욕을 시켜 드렸다고, 요양보호사는 묻지도 않은 말을 했다.

안녕, 홍이

자기 주관이 뚜렷한 엄마는 치매라 할지라도 좀처럼 몸을 남의 손에 맡기지 않았다. 전날에도 엄마는 도움 없이 스스로 목욕을 하겠다고 했을 것이다. 그러면 요양보호사는 알겠다며 욕실의 안전 의자에 앉게 하고 샤워기를 틀어 주었을 것이고, 십 분쯤 지나 다시 돌아와 엄마의 등을 밀어 주었을 것이다. 엄마는 멀쩡하게 독일어로 "당케 쇤."을 외치며 예의 바르게 대했겠지.

그리고 요양보호사는 엄마가 평소 좋아하던 니베아 크림을 몸에 발라 주었을 것이다. 다른 비싼 제품을 사다 주어도 엄마는 늘 파란색 동그란 통의 니베아만 썼다. 그래서 결국 은수가 사다 준 제품들은 다시 은수의 품으로 돌아왔다. 니베아는 약간 기름기가 있는 듯했지만, 엄마는 오래 묵은 듯한 니베아의 향이 좋다고 했다.

은수는 니베아 향을 좋아하지 않았다. 끈적거리는 느낌도 싫었다. 엄마는 그 끈적거림이 고향의 정 같다고 했다. 은수는 잠시 고향을 더듬으며 생각에 잠겼다. 자신의 고향이 태어났던 광주인 것도 같고, 한 번도 가 보지 못했지만 엄마에게 들었던 초분골 같기도 했다.

엄마는 치매를 앓기 전 이렇게 말했다.

"준서랑 같이 한국에 가서, 광주에도 가고 초분골에도 가자."

은수는 그리웠다. 고향이, 누군가가. 그리고 그것은 또 다른 향수였다.

몇 년 전, 민호에게서 메일이 왔다.

"은수 씨, 오랜만이지? 잘 지내? 나 다음 달에 독일에서 학회가 열려. 은수 씨 사는 것도 궁금해서 잠깐 만나고 싶은데."

은수는 간단히 답장을 했지만 가슴이 쿵쾅거렸다. 그에 관한 몇 개의 문장들이 입가에 맴돌았다. 민호는 은수가 가장 사랑했던 남자, 사랑한 남자, 그리고 아직도 사랑하고 싶은 남자였다.

생전 하지 않던 얼굴 마사지를 뷰티숍까지 가서 받았다. 신경 쓰지 않은 지가 너무 오래된 듯했다. 세월을 이기지 못해 얼굴에 조금씩 드러난 팔자주름이 내내 거슬렸다. 온라인에서 구입한 괄사로 피부 결을 따라, 팔자주름이 펴지도록 주문처럼 외우며 아래에서 위로 쓸어 올렸다. 초음파 기계로 콜라겐과 레티놀을 주입했고, 니들링으로 피부 깊숙이 영양을 공급했다. 그와 만나기 일주일 전부터, 마음은 이미 그와 함께였다.

프리드리히 거리에서 만나기로 했다. 식당은 가 보지 않은 곳이었지만, 인터넷을 뒤져 리뷰가 좋은 곳을 찾았다.

그날 은수는 조금 일찍 집을 나섰다. 베를린에서 가장 큰 서점인 두스만(Dussmann)을 지나 천천히 걸었다. 평소 같으면 걸어서 오 분이면 될 거리였지만, 그날의 시간은 오래된 기억을 따라가는 것처럼 멀었다. 조명도 적당히 어두워 얼굴에 드러나는 나이의 흔적을 가려 줄 것 같았다.

'알키미스트 레스토랑에서 열두 시에 만나.'

'연금술사'라는 뜻의 식당 이름이 마음에 들었다. 은수는 떨리는

안녕, 홍이

마음을 애써 감추며 메일을 보냈다.

민호와 처음 만났던 때가 언제였을까.

열일곱 해 전, 은수는 독일에서 미술대학을 졸업하고 한국으로 돌아갔다. 다시는 한국으로 돌아가지 않겠다는 다짐을 어긴 것은 자신과 화해하기 위해서였다. 새로운 삶을 시작하겠다고 돌아간 고국이었다. 모하메드와의 아픈 만남, 성매매 업소에 갔던 음울한 기억, 독일에서 미술대학을 졸업하기까지의 일련의 과정에서, 겉으로는 평안을 찾은 듯 보였지만, 속으로는 끊임없이 자신을 찾고 있었다.

그동안 인생에서 상처를 받으면서도 받지 않은 것처럼 살아올 수 있었던 것은, 엄마라는 존재 덕분이었다. 은수는 더 성숙해지기 위해 엄마를 떠나기로 했다. 어쩌면 속으로는 엄마, 조현자를 은수의 굴레에서 자유롭게 해 주고 싶었는지도 모른다. 엄마는 한국으로 가겠다는 은수를 이해해 주며 꼭 안아 주었다.

"그동안 엄마 곁에 있어 줘서 고마워"

"엄마, 나 없는 동안 시집가지 말고 기다려."

"어쩜 했던 말이랑 똑같이 하네."

엄마는 은수의 뺨을 꼬집으며 눈을 찡긋했다.

은수는 한국에 돌아와 미술학원에서 강사로 일하게 되었다. 그곳에는 입시반과 성인 취미반이 있었다. 민호는 그 학원에서 취미로 그림을 배우던 Y대 국문과 박사 과정 대학원생이었다. 동갑이었던 둘은 나이가 같다는 이유로 금세 친해졌다. 민호는 해박했고, 그림에 대한 조예도 깊었다.

일하는 학원은 H대 근처에 있었다. 자연스럽게 민호는 은수와 함께 H대 캠퍼스를 거닐었다. 가을 낙엽이 뒹구는 캠퍼스는 가슴을 적실 만큼 처연했다. 저녁 노을이 지면 H대역 골목에 있는 '보난자'라는 훈제 요리집을 찾았다. 가격이 그리 착하지는 않았지만 사장님이 친절했다. 유럽에서 살아 본 경험이 있는 사장님은 은수와도 스스럼없이 대했다. 나이에 비해 젊은이들과 소통도 잘했다.

보난자에는 와인병에 이름을 적어 두고 언제든 와서 자신의 와인을 마실 수 있도록 보관해 주는 시스템이 있었다. 민호와 은수도 그곳을 즐겨 찾았다. 저녁 여덟 시가 되면 재즈 음악이 흘러나왔다. 민호는 에릭 클랩튼의 노래 '원더풀 투나잇'을 꼭 그 가수처럼 허스키한 음색으로 불러 주었다. 은수는 정말 잘 부른다며 박수를 쳤고, 민호는 겸연쩍은 듯 손가락 관절마디를 꺾었다. 은수는 그 모습에 웃음을 터트렸다.

민호도 은수가 이야기하면 어린아이처럼 웃었다. 은수가 웃으면 민호도 다시 웃었다. 그래서 둘 사이에는 늘 웃음이 끊이지 않았다. 그들은 자신들의 인생에 서른이 올 줄도 몰랐고, 마흔은 더더욱 존재하지 않는 줄 알았다. 영원한 청춘만 있는 줄 알았다.

민호는 남부러울 것 없는 가정에서 외동아들로 태어났다. 당시 아버지는 서울지검 공안부 부장 검사였고, 어머니는 피아니스트

였다. 그의 몸에는 부유한 집안 특유의 여유와 천진함이 배어 있었
다.

어느 날 밤, H대 교정의 벚꽃나무 아래에서 두 사람은 입술을 포
갰다. 수줍은 사랑에 감격한 민호와 달리, 은수는 보통의 생각과
순수함을 지닌 민호가 편안하고 따뜻했다. 은수는 민호에게서 생
애 처음으로 사랑이라는 감정을 제대로 알았다. 그 사랑에는 두려
움이 없었다.

은수는 자신의 인생에 다시는 남자는 없으리라 다짐했었다. 자
존감이 밑바닥으로 내동댕이쳐져, 누구도 사랑할 수 없는 형벌을
받은 것처럼 느껴졌다.

민호는 은수가 지나온 사춘기의 시간을 구김살 없이 들어 주고
진심으로 안아 주었다.

"그럴 수 있어. 이해해."

그의 말은 늘 그랬다. 은수를 안는 그의 손길은 고요하고 품위 있
었다. 은수는 과거를 잊고 싶었다. 민호와 함께 새로운 삶을 살고
싶었다. 그러는 사이 민호는 늦은 군대를 갔다.

"나, 기다려 달라는 촌스러운 말은 안 할게. 그저 나를 잊지 말아
달라고만."

보난자에서 민호는 와인을 마시며 울었다. 다 큰 자식이 운다며
은수는 핀잔을 주었다.

결국 그의 말대로 은수는 기다려 주지 않았다. 민호가 다시 자신

을 떠나 버릴 것 같아 두려웠다. 어릴 때부터 사랑에 목말랐던 은수는, 누군가 사랑을 준다 하면 금세 자신의 사랑을 헐값에 내어준 것 같았다. 민호도 어쩌면 스쳐 가는 사람 중 하나일 뿐일지 모른다고 생각했다. 마음 한켠에 민호에 대한 자리가 없었던 것은 아니었다. 하지만 '기다려 달라'는 말을 하지 않는 민호가 미덥지 않았다. 그의 사랑을 그저 사람에 대한 호의쯤으로 여겨야 한다는 강박, 덜 회복된 자존감이 다시 고개를 들었다. 자신에 대한 불신이 은수의 마음을 헤집고 올라왔다.

민호는 휴가 때 은수를 만나고 싶어 했지만, 은수는 일부러 만나지 않았다. 그러는 사이 독일에서 엄마가 왔고, 엄마의 손을 잡고 다시 독일로 돌아왔다. 내면의 근육이 무너질 때마다, 엄마는 구원 투수처럼 등판했다.

은수는 자신이 일찍 도착했다고 생각했지만, 이미 민호가 먼저 와 있었다. 그는 은수가 레스토랑에 들어서자 알아보고 일어섰다. 격식을 차린 사람들처럼 악수를 나눈 두 사람은 낯선 표정으로 서 있다가 이내 자리에 앉았다. 오래전 가졌던 서로의 온기가 아직 남아 있는 듯, 둘의 얼굴에는 상기된 빛이 돌았다.

민호의 머리에는 어느새 흰머리인지 새치머리인지 모를 빛바랜 머리카락이 섞여 있었다. 그는 멋진 중년 남성의 시간 속에 들어서 있었다. 중후하고 안정된 교수의 품새가 느껴졌다. 은수는 자기도 모르게, 초라해진 자신을 내려다보았다.

그가 먼저 입을 열었다.

"우리, 얼마 만이지? 그사이 우리도 나이가 들었네."

"그러게."

"은수 씨는 그대로인데? 나이는 어디로 든 거야?"

"여전히 칭찬하는 모습은 보기 좋네. 듣기 좋아."

은수와 민호는 겉도는 이야기를 하면서도 예전처럼 웃었다. 은수는 슈니첼을, 민호는 연어구이를 각각 시켰다. 은수는 심장이 떨려 와 제대로 먹지 못하고 슈니첼의 반쪽을 민호의 그릇에 덜어 주었다. 민호는 오래전의 수줍은 청년처럼 미소를 지었다.

"제대해서 돌아오니 은수 씨는 이미 독일로 갔더라고."

"응. 엄마랑…."

"휴가 때 만나 주지도 않고…."

"기다리지 말라며?"

"그 의미는 아니었는데."

"그럼 고백을 하고 군대를 가시든가."

"우리는 이미… 그런 사이 아니었어?"

"민호 씨는 금방 결혼했잖아."

은수는 그렇게 말할 생각이 아니었는데, 마음에도 없는 말이 툭 나와 버렸다.

"그건 은수 씨가 날 떠난 줄 알았지…."

민호는 쓸쓸하게 웃으며 자신의 지난 시간을 낮은 목소리로 풀어 놓았다. 그 모습은, 순수했던 청년 민호의 모습이라기보다, 그 청년의 아버지를 만난 듯한 느낌이었다. 제대 후 박사 과정을 마쳤고, 시간 강사로 있다가 교수가 되었단다. 예정된 인생처럼 어머니의 권유로 피아노를 전공한 아내와 중매로 결혼했다고 했다.

"잘했네. 애들은 몇?"

"응. 없어… 아내가 좀 아팠거든…."

"미안해."

"은수 씨는? 남편은? 아이는?"

은수는 잠시 고민하다 준서의 사진을 보여 주었다. 민호가 준서의 사진을 뚫어져라 쳐다보았다. 저 눈매, 저 미소. 둘은 묘하게 닮아 있었다.

그 당시 엄마와 함께 독일에 온 은수는 자신의 몸이 예전과 다르다는 것을 느꼈다. 뱃속에 또 다른 생명체가 느껴졌다. 은수는 그 옛날 엄마가 자신을 남기고 떠났던 때가 기억났다. 다섯 살 무렵, 예쁘게 차려입은 엄마가 큰 가방을 끌고 독일로 떠나는 모습을 은수는 어슴푸레 기억했다. 자신은 아들 준서를 절대 외롭게 두고 싶지 않았다. 물론 은수의 뱃속으로 난 자식이니 당연하다고 생각했다.

은수는 한국에서의 일들을 엄마에게 이야기했다. 은수의 손을 잡고 가만히 듣고 있던 엄마는 천천히 입을 열었다.

"괜찮아. 네가 사랑했던 사람이잖아. 그거면 된 거야."

안녕, 홍이

엄마의 말이 그렇게 깊은 위로가 될 줄 몰랐다. 옛날 같으면 "그 남자는 임신 사실을 알고 있니?"라고 일일이 확인했을 엄마였다. 엄마는 그사이 상당히 달라져 있었다. 간호사였던 엄마는 은수의 모든 출산 과정을 세세하게 신경 써 주었다. 그리고 세상에서 가장 위대한 게 엄마라고, 아기 엄마가 된 은수가 부럽다고 너스레를 떨었다.

은수와 민호 사이에 잠시 침묵이 흘렀다. 은수가 장난스럽게 물었다.

"나 그때 어땠어?"

"왜 물어?"

"그냥 어떻게 생각했나 궁금해서."

"음… 무지 예뻤지. 내가 지금까지 본 여자 중에 제일로."

"지금까지?"

"응!"

민호는 완곡하게 말하고 싶은 듯 힘을 주었다. 은수와 민호는 농담 반 진담 반, 옛이야기를 그렇게 웃으며 이어 나갔다. 단지 달라진 것이 있다면, 민호에게는 사랑하는 가정이 있고 은수 자신은 홀로 남겨진 것 같아 서글픈 생각이 든다는 점이었다. 그래도 괜찮았다. 예전의 애틋한 감정은 사라졌지만, 따스했던 감정의 기억만으로도 충분했다.

"근데 민호 씨는 뜬금없이 나한테 연락할 생각을 했어?"

"음… 줄곧 생각했는데, 어떻게 사나 궁금했어."

"이제 나이도 들고 옛 생각이 나나 보구나. 민호 씨도 늙었네."

"너 보고 싶었는데 마침 출장이…."

"오우! 감동인데? 만날 사람은 만난다더니 우리가 그런 건가?"

"은수야, 사랑의 완성이 뭐라고 생각해?"

예전보다 민호는 더 솔직하고 당당했다.

"… 생각 좀 해 봐야겠는데?"

"사랑은 그 자체로 완성된 거야. 그 사람의 결점이나 과거가 아닌, 현재의 그 상태를 사랑하는 거지."

"누가 국문과 교수 아니랄까 봐 사색적이네."

"… 넌 여전히…."

민호는 말을 하다 말고 끊었다. 그의 눈빛이 살짝 어두워졌다. 하지만 이내 다시 고개를 들고 환하게 웃었다.

떠남과 이별이 별일 아닌 것처럼 여겨지던 때가 있었다. 분명 일어난 사건인데도, 그때의 일이 어느 여름밤의 꿈처럼 느껴지던 순간들. 은수는 생각했다. 그의 인생과 자신의 인생은 이제 각자의 궤도로 흘러 이대로 마주치지 않아야 한다. 단지 서로가 너무 외롭지 않기만을 바랄 뿐이다. 은수는 결국 슈니첼의 반도 먹지 못하고 눅눅해진 감자튀김 몇 개만 깨작거렸다. 민호, 그래, 보고 싶었다. 다시 젊음으로 돌아간 것 같아 가슴이 뛰었지만, 딱 거기까지였다. 내 곁엔 준서가 있으니까.

은수는 베를린 장벽을 구경시켜 주겠다고 말했다. 브란덴부르크 문에서 300번 버스를 타면 곧바로 닿는 곳이었다. 둘은 나란히 버스에 앉아 한동안 말을 하지 않았다. 나란히 같은 곳을 바라보며 무슨 말을 해야 할지 잘 몰랐다.

민호가 조심스레 은수의 손을 잡았다. 은수는 반사적으로 손을 뺐다. 다시 민호의 손이 은수의 손을 찾았다. 이번에는 손을 가만히 두었다. 오래 막혔던 벽이 허물어지듯, 두 사람의 손과 손 사이에서 따스한 온기가 흘렀다. 베를린 장벽이 있는 곳에 다다를 때까지, 두 사람은 아무 말 없이 손을 잡고 정면을 주시했다.

베를린 장벽은 예술가들이 그린 벽화로 '이스트사이드 갤러리'라는 이름으로 불린다. 둘은 가장 유명한 '형제의 키스'를 물끄러미 바라보았다. 장벽을 바라보며 서로에게 다가갈 수 없는 거대한 벽을 지켜보았다. 그림을 보는데도 묘하게 하나로 이어지는 끈이 느껴졌다.

어색함을 감추듯, 둘은 지구상에 마지막 남은 분단 국가, 한국에 대한 어줍잖은 한탄만 늘어놓았다. 정치와 분단에 관한 이야기 속에는 그들의 지나온 삶이 들어 있었다. 마치 두 명의 애국자가 아픈 국가의 현실을 걱정하는 것처럼 대화는 진지했다. 하지만 그들은 알았다. 딱딱한 토론 속에서 현실은 장벽이지만, 시선은 서로를 마주 보고 있다는 것을.

그날 엄마는 귀가가 늦은 은수에게 밤늦게 들어온다며 핀잔을 주었다. 그때의 엄마는 정신이 곤바랐고, 은수도 발랄했다. 은수는 차마 엄마에게 민호를 만났다는 이야기를 하지 않았다. 그저 가슴 속에 묻어 둔 첫사랑의 추억처럼 아무도 모르게 봉합하고 싶었다. 그리고 가끔씩 삶이 지칠 때 야금야금 꺼내어 추억을 곱씹어 보리라 생각했다.

그 후 한국으로 돌아간 민호에게서 짧은 메일이 왔다.

'나는 운명론자야. 어차피 일어날 일은 반드시 일어나고, 인간은 주어진 상황을 극복해 나가기 위해 애쓰는 방법밖에 없지. 하지만 아닌 경우도 있더라. 너도 만날 사람은 꼭 만난다고 이야기했지? 근데 그거 틀렸어. 난 16년을 기다렸어. 너와의 만남을. 그래서 이번에는 운명을 만들어 가기로 했어. 너를 만나기 위해 베를린으로 일부러 간 거야.'

그는 메일 끝에, 한국에 오면 꼭 연락하라고 했다. 그 단순한 솔직함이 은수에게 필요한 부분이었다. 인생의 흐름에 맡겼다고 자위하던 삶, 욕망인지 야망인지 품어도 현실의 그늘에 덮여 버리던 삶. 은수는 상처받는 게 두려워 먼저 선을 그었고, 그걸 에둘러 '배려'라고 포장했었다. 순간순간 솔직하다고 생각했지만, 실상은 누군가에게도 상처를 주지도, 받지도 않으려는 내면의 이기심이었다는 것을 뒤늦게 깨달았다.

은수는 민호를 다시 만난 후 준서를 볼 때마다 그의 얼굴이 떠올

218

랐다. 어디선가 읽은 문장이 떠올랐다. 사랑에 빠진 사람에게 시간은 흐르지 않고 고인다고, 그래서 사랑에 빠진다는 것은 그 우물에 흠뻑 젖는 일이라고.

문득 그가 궁금해졌다. 인터넷에서 그와 관련된 기사를 검색했다. 아내와의 사별 소식이 떠 있었다.

8. 안녕, 엄마

양로원 팀장 사비나가 은수를 향해 걸어왔다. 또각거리는 구두 소리가 심장 박동처럼 들려왔다. 문득 엄마의 심장도 저렇게 뛰다가 사그라들었을 거라는 생각이 스쳤다. 그녀는 "당신 어머니의 마지막이 편안해 보였다."는 말을 하며 웃었다. 그게 꼭 웃으며 할 말은 아닌데 말이다.

직원들에게는, 어쩌면 돌봄의 대상 하나가 사라진 정도일까. 들어온 지 몇 달 되지 않은 고객이 생을 달리했으니, 찜찜한 마음도 있었을 터였다. 멀쩡하던 사람이 죽으면, 유가족에게 지청구를 들을 수도 있다. 은수는 인생이 안개처럼 사라져도 애도해 줄 사람이 얼마나 있을지, 문득 생각했다.

엄마가 머물던 독방은 아담했다. 침대 하나와 장롱 하나, 텔레비전, 작은 식탁이 전부였다. 실내화와 운동화, 구두 한 켤레, 옷가지들은 장롱 속에 가지런히 들어 있었다. 엄마는 자신의 방식대로, 누구에게도— 특히 은수에게— 신경이 가지 않도록 마지막 여행을 서두른 듯 보였다. 사비나는 의사가 사망 진단서를 작성하고 몇 가지 절차를 거친다고 했다.

몇 년 전, 엄마는 은수에게 장례 보험 서류를 보여 주며 자신도 나이가 있으니 알고 있으라고 일러두었다. 어쩌면 자신의 시간이 그리 많이 남지 않았다는 것을, 이미 예감하고 있었을까.

잠시후 방에서 엄마의 물건을 정리하고 있는데, 누군가 문을 두드렸다. 아까 양로원 정원에서 보았던, 휠체어를 탄 노인과 그의 아들이었다. 아들이 입을 열었다.

"어머니가 돌아가셨다고요?"

"네."

"어제만 해도 제 아버지와 이야기하고 건강하셨는데, 안타깝네요."

"…."

"많이 놀라셨겠네요. 신의 가호를 빕니다."

은수도 가볍게 목례했다.

"아버지가 당신 어머니와 이야기하는 걸 본 적 있어요. 아버지는 한국인이라는 걸 알고는 무척 반가워하셨어요."

"그러셨군요."

"아버지는 한국에 대한 기억이 많아요."

"한국에 대해 어떤 기억이 있으신가요?"

"아버지는 참전 용사예요. 전쟁 때 찍은 사진을 아직도 가지고 계시고, 자주 들여다보신답니다. 아버지 방으로 잠시 같이 가실래요?"

그의 아버지의 이름은 술레이만. 튀르키예인들의 가족 친화적인 정서를 보여 주려는 듯, 방 안에는 가족사진이 유난히 많았다. 아기 때부터 장성한 모습까지, 몇 대에 걸친 얼굴들이 벽을 채우고 있었다.

은수는 사진을 잠시 훑어보다가, 한 사진에 시선이 멈췄다. 유독 누군가와 닮은 얼굴이 있었다. 누구였을까. 텔레비전에서 보았던 얼굴일까, 아니면 갤러리의 손님이었을까. 술레이만은 파킨슨병을 앓기 전까지 매우 건강했다고 한다. 아흔일곱의 나이에도 정신이 곧바랐고 양로원에 오기 전에는 고향 튀르키예에도 다녀오곤 했다. 그의 아들은 칠십 대쯤으로 보였다. 아들은 '고귀한 전사'라는 뜻의 이름, 바란.

바란은 아버지를 자랑스러워했다.

술레이만은 '코렐리'였다. 튀르키예인들은 한국 전쟁 참전 용사를 그렇게 불렀다. 코렐리에게 한국 전쟁은 숭고한 희생과 자부심으로 남아 있었다. 그는 유엔군과 중공군 사이에서 벌어진 가장 치열했던 전투에서 살아남았다.

"아버지가 한국 이야기를 얼마나 많이 하시는지, 우리 형제들은 한국이 마치 가까이 있는 나라처럼 느껴져요. 전투 이야기를 자주 들려주셨거든요. 아주 힘든 전쟁이었다고요. 아버지와 함께 싸웠던 전우들은 모두 돌아가셨지만, 그분들의 이야기는 우리 기억 속에 남아 있어요."

언젠가 슐레이만은 양로원의 노래 부르기 프로그램에서 은수의 엄마 현자를 발견하고 먼저 말을 걸었다고 했다. 한국에 대한 깊은 인상 때문에, 무의식중에 한국 여성에게 정이 갔던 모양이었다.

"우리나라는 한국 전쟁 때 미국, 영국 다음으로 많은 병력을 파병했지요. 우리 군 700명 이상이 그 땅에서 전사했어요."

슐레이만은 숨이 차오르는지 말을 잇지 못했다.

그는 한국 전쟁에서 여러 번 죽을 고비를 넘기고 고국으로 돌아왔다. 옆에 있던 아들 바란이 말을 이었다. 마치 아버지가 해 오던 말을 그대로 옮기려는 듯했다. 슐레이만은 고개를 끄덕이다가, 사실과 다른 대목이 나오면 손을 저어 다시 이야기를 이어 갔다.

"그날, 총알이 비 오듯 쏟아졌어요…."

슐레이만은 눈을 감았다. 구덩이에 엎드려 있었지만, 빗발치는 총알 속에서 살아남았다는 것이 기적이었다. 그때 그는 뒤에 한국 군인이 있는 줄은 몰랐다. 그 또한 구덩이로 뛰어들었지만, 곧 총알을 맞았다. 그 부분을 이야기할 때 슐레이만의 눈가에 물기가 맺혔다. 그는 신음하는 한국 병사의 피를 지혈하고 정신을 붙잡아 두려 했다.

그러나 한국인 병사는 이미 생의 저편으로 가고 있었다. 복부에서 피가 터져 나왔다. 매서운 추위 속에서 헐거운 군복과 군화를 신은 한국 군인들. 난장판이 된 전장에는 군인들의 사체가 흩어져 있었다. 포탄의 탄피, 주인 잃은 군번, 몸에서 떨어져 나온 다리 한쪽과 군화. 그것들은 마치 제각각 자신의 그리운 고향으로 향하듯 사방으로 흩어졌다.

한참 뒤, 현재로 돌아온 듯한 슐레이만이 다시 입을 열었다.

"잊지 못하는 말이 있어요. 그 한국 군인이 마지막으로 외친 말입니다."

"…."

"홍, 홍이…."

"아…."

"그 마지막 단어가, 너무 간절해서…."

은수는 숨이 턱 막혔다.

"그러면서 마지막 힘을 다해 품에서 손수건을 꺼내 주었어요. 손수건 안에는 그의 아내인지, 젊은 여자 사진이 있었어요. 꺼져 가는 그 눈빛이, 그 사진의 주인에게 전해 달라는 부탁처럼 느껴졌어요."

그리고 그 한국 군인은 숨을 거두었다.

전쟁이 끝난 뒤, 슐레이만은 손수건을 고이 접어 고국 튀르키예로 돌아갔다. 언젠가는 신이 그 물건의 주인을 찾아 주리라는 막연한 소망을 품은 채로. 그리고 고향에서 살다가, 다시 돈을 벌기 위해 독일에 손님 노동자가 되어 왔다. 독일의 튀르키예 노동자들은 1950년대 이후 독일로 이주해 자손들까지 불러 몇 세대에 걸쳐 살고 있었다. 수십 년이 흐른 뒤, 그는 다시 튀르키예를 방문해 지하실을 정리하다 손수건을 발견했다.

그때 그의 아들 바란이 말을 이었다.

"그 무렵, 제 막내아들 모하메드에게 제 아버지의 오래된 집을 물려주었는데, 지하실에 아버지 물건들을 그대로 간직해 두었더군요. 그 아이에게도, 할아버지의 물건들이 귀하게 느껴졌을 거예요."

모하메드. 은수의 기억이 구름처럼 몽실몽실 피어올랐다. 은수는 액자 속 사진으로 시선을 두었다가, 곧 바란을 바라보았다.

"그럼 손수건을 다시 가져오신 거예요?"

"네, 어제 당신 어머니에게 보여 주었대요."

"그럼 제 엄마가 이미 보신 거군요?"

"네."

"손수건을 보더니, 당신 할머니 홍이의 손수건이라고 했다더군요."

그리고 엄마는 갑자기 오열했다고 했다. 슐레이만은 엄마의 상태를 알기에 그것을 다시 돌려받아 딸 은수가 오면 전해 주려 했다는 것이다.

"이 손수건이에요. 이제 아버지도 연로하셔서서 더 이상⋯."

피 묻은 손수건에는 파란 실로 얌전하게 수 놓인 글씨가 있었다.

'홍이'

엄마의 아버지 조태구는 죽을 때까지 아내 홍이를 사랑한다고 말하고 싶었던 모양이다. 손수건은 전장에서 사라지지 않고, 누군가의 손을 거쳐 70여 년이 지난 후 다시 자신의 딸 현자의 품으로 돌아왔다. 은수는 깊은 숨을 내쉬며 고개를 돌려 가족사진을 훑어보았다. 그 안에는 오래도록 잊으려 애썼던 누군가의 얼굴이 있었다.

바란은 은수의 시선을 따라 사진을 가리켰다.

"우리 가족입니다. 이 아이가 큰아들이고, 이 아이가 큰딸, 둘째 딸, 셋째 딸. 그리고 이 아이는 막내아들 모하메드, 고향에 살지요. 이 아이가 물건들을 모셔 두었습니다."

은수는 눈을 비비듯 바라보았다.

"막내아드님 이름이 모하메드?"

"성스러운 이름이지만 흔하지요."

은수는 그 사람인지 다시 확인하고 싶었다.

"혹시, 아드님이 독일에 산 적이 있었나요?"

"아니요…. 아, 맞다. 아주 잠깐요. K시에 살던 제 큰아들 집에서요. 그런데 금방 다시 고향으로 갔습니다."

바란은 사진 속 모하메드를 짚었다.

분명 그였다. 청년 시절의 눈빛, 짙은 눈썹, 건장한 체격까지 그대로였다. 민호의 말은 틀렸다. 만날 사람은 다시 만나게 된다고, 은수는 믿는다. 하지만 만나지 말아야 할 인연도 있다.

은수는 모하메드의 얼굴을 보자, 오랜 친구를 만난 듯 반가웠다. 그러나 더는 묻지 않았다.

그때 슐레이만이 갑자기 숨을 헐떡이며 소리쳤다.

"아… 생각 나!"

안녕, 홍이

슐레이만의 표정은 진지했다.

"그래, 눈이 오던 날이었어. 그게 마지막이었어. 퇴진하는 미군을 위해 우리가 퇴로를 막았지. 우린 총알받이였어. 그 사이 중공군이 가세했고, 많은 한국군이 죽었어."

"…."

"그래, 그 한국 군인. 이름 생각났어. 다른 한국 병사가 남자의 이름을 불렀거든. 토구, 타이구?"

"태구요?"

"맞아요. 그런 것 같아."

말을 하기까지 긴 세월의 강이 흘러간 듯했다.

"그저 우리는 전쟁을 끝내기 위해 참여했지만, 세상은 전쟁이 계속되고 있어요. 그 사이에 수 많은 젊은이들이 죽었고요."

"전쟁은 너무 비참해요."

"당신들 역사에 있어 그 전쟁은 형제끼리 싸운 정말 슬픈 일이었어요… 휴, 나는 너무 오래 살았어요. 오래 살았다는 건 남들보다 더 많은 이별의 고통을 감내해야 했다는 뜻이죠."

말을 마치자, 슐레이만은 괴로운 듯 숨을 헐떡거렸다.

엄마의 장례식 날에는 비가 흩뿌렸다. 미처 우산을 챙기지 못했다. 독일 사람들은 비가 와도 우산을 잘 쓰지 않는데, 엄마는 비가 오면 늘 말했다.

"은수야, 오늘 비 온대. 우산 챙겨 가라. 내 딸이 비에 젖는 거 싫어."

비가 오니 엄마의 잔소리가 더 그리워졌다. 은수는 정교하게 붙인 옥비녀와 피 묻은 손수건을 관 속에 누운 엄마의 마주 잡은 두 손 위에 올려놓았다. 그러자 오그라든 몸이 조금씩 펴지며 웃고 있는 것 같았다. 엄마는 관 속에서 또 다른 자신에게 말을 걸고 있었다. 이제는 이별이 아니라, 만나서 반가워하는 인사였다. 엄마는 그렇게 자신의 어머니 홍이를 찾아간 것 같았다.

'안녕! 나의 어머니, 홍이!'

관 속에서 엄마는 환하게 웃었다. 은수는 조용히 엄마의 미소에 웃음으로 답했다.

엄마의 육신을 땅 밑으로 내려보내자, 무덤 사이로 바람이 비를 흩어 버렸다. 세월의 찌꺼기를 모두 걷어내고, 서글픈 기억을 지워내는 듯한 바람이었다. 엄마의 환한 웃음소리가 허공에 들려오는 것 같았다. 무덤가에서 덕심 아줌마는 소리 내어 울었다.

"현자도 하늘에서 수정이를 만났겠지? 안녕! 금방 만나. 우리 삼총사잖아!"

그제서야 은수도 하늘을 바라보며 속삭였다.

"안녕! 나의 엄마, 그곳에서 잘 지내요."

*　*　*

서울 광화문은 연일 시끄러웠다. 역사의 언저리에서 타인들이 훑고 지나간 땅은, 이제 우리 안에서 또 다른 계층을 만들고 전쟁 아닌 전쟁을 벌이고 있었다. 식민과 전쟁을 겪어 온 사람들이 이제는 평화에 무디어질 대로 무디어져, 우리 안에서 살을 파먹고 피를 뿜어냈다. 자신의 살이, 자신의 장기가 도려지고 있는지도 모른 채 서로를 할퀴고 물어뜯었다. 젊음과 나이 듦은 각자의 방식대로 무기가 되고, 신념이 되었다.

나는 마치 자발적 실명처럼 아무것도 보고 싶지 않았다. 쉴 새 없이 떠드는 확성기 소리를 피해 부리나케 집으로 들어왔다.

그해 여름은 지독히도 더웠다. 내 머리통보다 약간 큰 선풍기에 의지해 바람을 쐬고 있었다. 기운이 없어 널브러진 육체는 지옥의 불처럼 뜨거웠다. 아무것도 하고 싶지 않았다. 순간 아버지와 살았던 시절의 서슬 퍼런 악몽이 떠올라, 잠시 더위를 잊을 뻔했다. 아버지의 독재 아래 언니도, 나도, 엄마도 침묵했던 시절. 그것은 지나온 시대의 역사이자 아픔이었다. 그리고 언니는 그 학살의 처절한 피해자로, 죽음이라는 수단을 통해 나도, 엄마도 해방시켜 주었다. 그것은 누군가를 위한 희생이었다.

그런데 이상했다. 한 번도 나를 안아 주지 않았던 아버지가 그리웠다. 어쩌면 그도 피해자일 수 있다는 생각이 들었다. 시간이 지나며 망각이 나를 흔들어, 나를 유약하게 만들었나 보다. 아버지와 언니는 각각 산 자와 죽은 자의 모습으로 내 곁을 떠났다. 그러자 이상하게 세상이 조용해졌다. 엄마와 나 둘뿐이었다. 시간이 흐르자, 시끄럽게 훈계하던 아버지와 흐느껴 울던 언니의 부재가 가슴 저미게 사무쳤다. 모두 가족이어서였다.

우습게도 분노의 시선이 엄마에게로 향했다. 엄마에 대한 미움이 커 갔고, 나중에는 그 미움 때문에 숨을 쉴 수가 없었다. 몸 안에서 끓어오르는 격정을 주체할 수 없어, 집을 탈출하고 싶었다. 나가기 전에 엄마의 방을 살짝 들여다보았다. 엄마의 구부정한 등이 보였다. 새우처럼 구부러진 엄마는 마치 세상의 짐을 다 진 사람처럼 보였다. 내 눈에 소녀인 채로 늙어 버린 누군가와 겹쳐졌다.

시간이 흘렀다. 엄마는 늙었고, 나도 조금씩 늙음을 느껴 갔다. 이어폰을 꽂고 플레이리스트 재생 목록의 음악을 틀었다. 다시 에릭 클랩튼의 'Tears in Heaven'이 떠오른 건 적절했다. 이상한 치유고 회복이었다.

엄마가 보고 싶었다. 양로원에서 날마다 새로운 인생을 사는 여자, 자신의 어린 시절에 산 시간만 겨우 기억해 내는 여자. 나는 열심히 일을 하고 돈을 벌어 엄마의 요양비를 내는 것이, 엄마를 사랑하는 나만의 효도 방법이라고 믿고 있다.

한 계절이 지났다. 창밖에 눈이 쏟아지는 날, 은수를 만났다. 인터넷에서 리뷰가 좋은 합정역 근처 전통 보리밥 식당에서였다. 그곳은 잔뜩 부풀어 오른 계란찜으로 유명했다. 음식은 사랑하는 사람을 떠올리게 하는 통로다. 사람과의 기억에는 늘 음식이 자리한

안녕, 홍이

다. 밥상은 인생의 숨결이 들어 있는 치유의 본질이기 때문이다.

봉긋하게 솟아오른 계란찜이 알맹이 없이 터져 오른 청춘의 시간을 말해 주는 것 같아 조금 서글펐다. 식당 위치가 8번 출구 근처라고 생각하고 나왔는데, 7번 출구였다. 김포에서 버스를 탔는데, 오는 길이 많이 밀려 늦는다는 문자를 보냈다. 은수에게서 '찬찬히 오세요. 넘어지지 않게 걸어서 오세요'라는 답이 왔다.

중년이 된 은수는 이제 제법 넉넉해 보였다. 나 또한 하룻밤을 보내면 나이를 먹어 간다는 실감이 팍팍 드는 때였다. 소녀였던 그녀의 과거가 떠올랐다. 스모키 화장과 망사옷을 생각하니 풋, 웃음이 터져 나왔다. 어느새 은수와 나는 자매처럼 닮아 있었다. 우리 둘은 한참을 말없이 우걱우걱 밥과 찬을 먹었다.

"언젠가 엄마가 옛날 보리밥이 먹고 싶다고 했어요. 탱탱한 보리쌀을 씹으면 뇌의 회로가 작동할 것 같은데, 그때 이걸 먹었으면 엄마의 기억이 돌아왔을까요?"

우리는 보리밥에 산채나물을 게걸스럽게 비벼 먹고, 군데군데 덩어리진 청국장을 훌훌 마셨다. 나는 계란찜을 숟가락으로 푹푹 덜어 밥에 얹고 청국장을 그 위에 끼얹었다. 은수는 밥 먹는 데 열중했는지, 한참 후에야 말을 꺼냈다. 그때 베를린에서 파독 광부 최 씨와 함께 왔던 나를 알아보았노라고. 그리고 굳이 아는 체하지 않아서 고마웠노라고.

그녀가 나를 알아보리라고는 생각하지 못했던 나는 내심 놀랐다. 나는 그 요상한 화장이 잘 어울리긴 했다고 웃으며 응수했다. 은수는 이미 과거의 트라우마를 이겨 낸, 산 정상에 오른 전사처럼 사건을 객관적으로 회상하고 있었다. 은수는 자신의 엄마가 고마운 것은, 그 이후 그 일에 대해서 한 번도 말하지 않았다는 것이라고 했다. 그때는 아무 말을 하지 않아 오히려 슬펐지만, 그게 엄마의 엄청난 노력이었다는 것을 뒤늦게 깨달았다고 했다.

은수는 잠시 뜸을 들이더니 말을 이었다.

"우리 역사 속 여성들 중에 속을 다 털어놓는 사람이 몇이나 될까요?

"…."

"누군가는 위안부 피해자로, 누군가는 식민지의 국민으로, 누군가는 전쟁터에서 남편을 잃은 여자로, 누군가는 미군 위안부의 조카로, 누군가는 파독 간호사의 외로운 딸로, 누군가는 광주 민주화 운동의 희생자였잖아요. 그 이전에는 노비이거나 기생이거나, 수난받은 이는 평범한 여자들이었을 테고요."

그때 은수의 눈빛이 강하게 빛났다.

"더 서글픈 건 그들 하나하나가 모두 나더라고요."

"그동안 많이 아팠군요."

나는 딱히 덧붙일 말이 없었다.

"내가 받은 고통과 상처에 대해 정작 애도하고 있지 않더라고요. 그래서 나를 위로하기 위해서 소설을 쓰기 시작한 거예요."

"이제 상처가 좀 치유되었나요?"

"상처가, 기억이 잊고 싶다고 잊히고 치유되는 건 아닌 것 같아요. 의식적으로 거부한다고 마음에서도 끊어지진 않으니까요. 단지 기억이 조금씩 어두운 힘을 잃어 가는 것뿐이죠."

나는 가끔 내 삶 곳곳에 지뢰처럼 박혀 있는 아픔들을 기억해 내곤 했는데, 은수는 고통의 기억을 멀어지게 하는 비법을 터득한 듯 보였다.

"어떤 언론에서 저에게 소설 속 어떤 인물에 투영되었냐고 묻더군요."

"당연히 소설 속 서은수 아닌가요?"

"모든 인물 속에 제가 개입되어 있어요. 저는 소설 속 모든 인물이죠."

나는 은수의 눈동자에서 알 수 없는 불꽃이 일렁이는 것을 보았다. 은수는 멋쩍은 듯 컵의 가장자리를 만지작거렸다. 그러다 손의 힘이 균형을 잃어 컵은 넘어졌다. 책상 아래로 물이 주르르 떨어졌다. 나와 은수는 흐르는 물을 마냥 바라보았다. 우리는 그 물을 닦지 않았다. 스스로 흐르도록, 그래서 스스로 마르도록 내버려두었다.

그때였다. 은수의 핸드폰 진동 소리가 침묵을 깼다. 중후한 남자 목소리가 전화기 너머로 울렸다. 은수가 찡긋, 하고 나를 향해 눈짓을 했다. 누군가를 사랑한다는 표식 같은 미소였다.

은수는 아주 경쾌하게 말했다.

"안녕! 준서 아빠!"

전화를 끊은 은수는 미소를 띠며 덧붙였다.

"준서가 독일에서 어제 도착했거든요. 아이 아빠랑 셋이 만나요."

나는 은수를 향해 환하게 웃어 주었다. 천천히 고개를 돌려 창밖을 바라보았다. 아까보다 더 많은 눈이 내리고 있었다. 너울너울 떨어져 내린 눈 꽃잎 속에서 누군가 말하는 것 같았다.

안녕, 안녕.

작가의 말

첫 장편의 삽을 떴다.

누군가가 자신의 이야기를 들려준 것은 십여 년 전이다.

그날 이후 내내, 그 이야기를 써야 한다는 생각뿐이었다.

이제야 쓴다.

문학은 시대의 고통을 담아내야 하며,

그것이 문학의 역할이라고 믿었다.

월경하는 여자들과 그 여자의 배에서 태어난

아이들의 이야기를 역사라는 그릇에 담아,

여러 양념 속에 버무리고 싶었다.

지나간 시대의 아픔과 학살을 우리는

끝내 충분히 분노하지 못한 채 흘려보냈다.

그래서 지금도 때때로 불면의 밤을 보낸다.

역사는 거대한 것 같지만, 들여다보면 한 개인, 한 개인의 무더기다.

역사 속에 도사린 이야기를 하나하나 들춰 보면

결국 한 사람의 사랑과 이별, 그리움과 기억, 죽음으로 점철된다.

그래서 시간의 마디마디가 소중하다.

이 소설 속 '안녕'이라는 말에는 두 가지 의미가 담겨 있다.

작별의 인사와 반가운 만남의 첫인사다.

더 나아가, 하나의 안녕은

아픈 과거에 대한 치유와 회복이고,

또 다른 하나의 안녕은

다가올 미래에 대한 희망과 기대를 말한다.

결국 나는 고통의 역사 앞에서

패배주의적 자괴감에 머무르지 않고,

그 패배 속에서 움튼 씨앗들의

정직한 기쁨과 소망을 그리고 싶었다.

일본군 위안부 피해자와 강제 징용, 한국 전쟁,

파독 광부와 간호사, 5·18 광주 민주화 운동을,

베를린 장벽과 통일을, 거기에 우리의 분단 현실까지

그 언덕 어디쯤 서 있는 나는

어디로 가야 할지 몰라 주춤거리며

한국과 베를린을, 그리고 과거와 현재를 오가고 있다.

이 소설의 골격은 원주의 토지문화관에서 세웠다.

한 줄도 쓸 수 없었던 일주일을 보내고,

봄눈을 보내고, 목련이 필 무렵,

이 소설의 주춧돌이 된 희곡을 완성했다.

그 뒤에는 갑자기 봇물처럼 쏟아지는 문장들을 마주하며

휘갈겨 써 내려간 긴 소설의 시간이 있었다.

 지나온 역사를 생각하며

소설적 상상력을 동원했고,

순간순간 알 수 없는 먹먹함이 있어

한동안 한 발도 나아가지 못한 적도 있었다.

역사 속에 묻혀버린 이름 모를 사람들처럼
나 또한 그렇게 사그라들 것이기에
내 글이, 내 소설이 세상에 나올 수 있도록
격려해 주신 출판사 대표님과
묵묵히 응원해 준 내 사랑하는 가족에게
고맙다는 인사를 전한다.

2026년 어느 날
박경란

안녕, 홍이

1판 1쇄 발행 2026년 1월 30일
지은이 박경란
펴낸이 한미경

편집 구석
디자인 DESIGNPARK
펴낸곳 하늘퍼블리싱
출판번호 제2023-000002호
주소 충북 충주시 동수2길 11-2
전화번호 01050883697
인쇄 공간 코퍼레이션
이메일 info@hanlbook.com
인스타그램 @hanlbook, @hanl_publishing

ⓒ 박경란, 2026

ISBN 979-11-995649-2-3 03810

＊ 이 도서는 2025년 문화체육관광부의 '중소출판사 성장부문 제작지원'
　사업의 지원을 받아 제작되었습니다.